ガンはあなたの心が治す

◎目次

宗教の歪みを知る

釣上 教江

私は、ある宗教法人の教会の信者として、四十歳から六十歳まで二十年間修業に入っておりました。もともとは主人の母が信仰家で、一人でがんばっていたのです。その母も昭和四十四年二月に他界され、続いて八月には私の父、十一月には主人の父と同じ年に三人の親を亡くし、涙の毎日でした。主人の母は苦労を表に出さず、とても人情深い温厚な人柄で、嫁の私をいつも見守り手助けし、励ましてくれました。その母が亡くなった悲しみは、今も忘れることなく胸に刻み込まれています。その後義母の後をついで信仰の道に入ったのです。

宗教についても信仰についても何もわかりませんでした。けれど、その教会の先生の苦難苦行の話に感動しました。先生は苦しんでおられる多くの人々を助けられ、その結果、人々が集まって教会が建てられたのです。「神とは何か、仏とは何か」といわれた、その先生の教えを、一言一句筆記して覚えるのに懸命でした。先に理屈を教わり「なるほど」とうなずきながら、白衣に身を固めて修行に打ち込みました。先生は霊感によって、本来知るはずもないことをピタリと言い当てられました。病や心の悩みを持つ人の相談ばかりの毎日でしたが、夜になると一変して、パチンコやカラオケを楽しみ、また旅行に出かけるなど、信者達とストレスを発散しておられました。私は何となく腑に落ちないものを感じながらも、宗教も人間も裏表があるのだと自らに言い聞かせながら参加していました。

実は私も夫婦間の不和の問題を抱えていました。二十一歳で釣上の長男（主人）に嫁ぎ、二十二歳で長女、二十四歳で長男が生まれました。会社経営をしている主人は毎日忙しく、家庭を省みることなく、毎日帰りは午前様でした。母子家庭のような生活が数十年続き、子供達に父親の役目もしながらも腹を立て続ける毎日でした。子供達には「お父さんのお陰で生活できるのよ」と言い聞かせ、その反面、毎晩帰りの遅い主人に対して、「何が家庭よ！　何が夫婦よ！　今に病気になるわ！　バチが当たるわ！」と思っていました。信仰している私が、どうしてこんな気持ちになるのでしょう。わかりません。

小豆島八十八箇所、西国三十三箇所のお参りをはじめ、年一回は大峯山、高野山、伊勢神宮へのお参り、月一回は伏見稲荷大社、教会はもちろんのこと、月参り二回、それ以外も数回は通っておりました。滝に打たれたり、一晩中山を歩いて山の神々様にお参りする行、その他いろいろな行をさせて頂きました。苦しいときも楽しいときもありました。今考えますと、それは自分の心の不満を解消するだけの自己満足でした。先生に何もかも頼りすぎて、自分の力が発揮できない、発揮させてもらえない。良いこと悪いこと何でも「ハイハイ」と聞いていましたが、時には反発することもありました。主人の性格に腹を立て、個人的に嫌な事も重なり、だんだん時が経つにつれ、先生から離れていく自分を感じていました。そんなある日、先生から一枚の色紙を頂きました。先生の自筆で、富士山と松原の絵に「上には上がある」と書いてありました。この先生の教えが最高と思っていましたので、「どこに上があるのだろう」と思いました。それが、この「東屋御前弁財天の宮」のことだったのです。

ある宗教団体に長年入り込んでしまうと、なかなか辞める勇気がなくなり、自分や家族に不幸なことが起きないかと思い込んでしまいます。けれども、そのようなことは絶対ありません。自分が信念を持っていれば大丈夫です。この宮の十日間の研修に入れば、自分の過去の人生を反省し、宗教の歪みや自分自身の弱さがわかってきます。

私がこの宮の事を知ったのは平成五年二月、六十歳のときです。主人（当時六十六歳）の病が胃ガンであると知らされました。日頃不摂生な生活をしていた人なので、私は一瞬ハッとしましたが、驚きはしませんでした。「いつか大病になるのではないか」という不安が常に心の中にあったのです。医師は「一歳でも若い内に手術をしなさい」と言われましたが、私達家族は「考えさせてください」と言って断りました。二十年間信仰していたとき、いろいろな病でどうしても医学の力では治らなかった人達が教会を訪ねてこられました。さまざまな話を聞き、またこの目で見てきました。「医学に頼りすぎてはいけない」という思いが常にあったのです。もっとも、信仰心がなかったら、全面的に医学に頼っていたと思います。教会の先生に相談したところ、「切ったらあかん。寿命が縮まるで」と言われました。が、その頃の先生には治す力も霊感もありませんでした。「さあ、どうしよう。主人の病を治すには誰に頼ればよいのか……」

二月、三月と月日が過ぎました。そして四月に入って知人から、この宮のことを聞きました。平成五年四月末にこの宮をお訪れました。「どんな不治難病も必ず治る」という宮を、私は自分の目で確かめようと思ったのです。

車から下りて小高い山の坂道を登って行くと大きな池がありました。その周辺の自然と、よく手入れされた庭の参道の美しさが一つになっているさまに、思わず立ち止まって「まあ、きれい！」と感嘆しました。うぐいすの美しい鳴き声が聞こえて、半信半疑の気持ちで来山した私は心が安らぎました。そして、初めてこの宮の場主様とお会いし、主人の胃ガンのことと私の宗教の悩みを話したのです。場主様に穏やかな表情で「奥さん、ええ人やのにエネルギー抜かれているねえ」と言われたときは、一瞬「どきっ！」としましたが、「その通りかもしれない」と思いました。二十年間教会一筋に信仰に打ち込んできた私も、六十歳になり疲れました。場主様は「ご主人に胃ガンであることを言いなさい。治ります。研修に入って自分を見直しなさい。人生は二つある。六十歳までと六十歳から」とおっしゃられたのです。それを聞いて、私は、「そうだ、私には六十歳から第二の人生があるのだ。いかに有意義な人生を送れるかは今後の生き方にかかっているのだ――」と気付いたのです。

そして私は平成五年五月十六日より、十日間の研修に入らせて頂くことになりました。場主ご夫妻はじめ、宮に奉仕されている方々に暖かい笑顔で迎えられ、ホッとしたのを覚えています。緑の草木の美しい自然の中、小高い山の中の道場で般若心経を合掌し、写経をします。朝晩七時には世界の平和と人類の幸せを祈ります。そしてご先祖様、両親、すべてのものに感謝します。当たり前のことを私達は忘れていました。宿舎は質素でテレビやラジオ、新聞さえありません。世間から離れた時間の中で、今までの自分自身とだけ向き合います。私はこれまで私のすべてをかけてきた教会での体験と、この宮とを比べずにはいられませんでした。以前にも写経をしたことが何度かありましたが、それはお参りするお寺に奉納するためでした。しかし、ここでの写経は全然違いました。書けば書くほど、過去のことが思い出されて反省させられます。研修七日目、私は「ここは間違いない」と確信しました。家に電話をしました。長男に「すぐお父さんを連れてきて」と頼みました。

翌日、長男に連れられて主人がこの宮に来ました。青黒い痩せた顔の主人を見て、何とも言えない気持ちになりました。場主様とお会いして納得したのか、長男とともにすぐに研修に入ることになりました。その日から親子三人であらためて十日間の研修を受けました。この宮は般若心経だけを合掌し写経するのです。朝晩七時のお勤め、主人と長男の合掌する姿、写経の姿、奉仕の姿を見て、私は涙が出るほどの嬉しさを感じました。今までにない体験でした。親子が一つになってご先祖様に感謝し反省するのです。今までは、ご利益を頂くため、お徳を頂くために合掌していました。この宮の研修は、過去の良いことも悪いことも全部捨てて、新しい種を心にまき、良い芽を出してくれる場所です。そして自分の力と家族の力で病も治り、宗教の歪みもわかるのです。私はどんどん素直になって、何もかもがうれしく楽しく、何もかもが有難く感謝でいっぱいになりました。この宮の三度の食事を頂くときには、「食事の言葉」を合掌して頂きます。この言葉にも涙が出てきました。こんなに食物に対して感謝したことはありませんでした。自然の中で規則正しい生活をし、素直な心で神仏に感謝し、家族が同じ思いで一つになる。いわゆる「一即多《いっそくた》」と言って、〝一つは全体、全体は一つ〟ということです。主人は、見事に病気を克服しました。主人の力と家族の愛が一つになって元気を取り戻したのです。

後日、長女も長男の嫁も研修に入りました。場主様は「家族の中で一人でも苦しんでいる者があれば、それは家族の責任である。みんなで助けてください」と言われました。本当に、そうだと思います。かつての私は釣上家のため、自分のためと一人信仰に励んでいましたが、それは間違っていました。私は過去の信仰を全部捨てました。家の生活も変わりました。朝晩七時のお祈り。時間のある限り写経する。三度の食事の言葉を必ず合掌して頂く。そして人のために尽くすよう頑張っています。この宮のお陰で贅沢な考えはなくなりました。第二の人生（六十歳）から一歩一歩踏みはずさないように努力しております。

私は今まで、信仰の仕方を間違っていました。神社やお寺を多くお参りし、修行に励んでおれば、いつも功徳が頂けるものと思っていました。信仰に頼り過ぎでした。それは教会や先生が悪いのではなく、私自身の責任でした。もし主人がガンという病にならなかったら、この宮にたどり着くことはできなかったでしょう。また教会に二十年間お世話になっていなければ、この宮のことを信じられなかったかもしれません。私は心を込めて教会の先生に感謝の手紙をしたため、教会を辞させていただきました。その後、先生は平成八年六月に他界されたことを聞きまして、ご冥福をお祈りいたしました。「上には上がある」と教えてくださった先生は、この宮のことを言っておられたのですね。天上界から私を見て「いいところへ導いてもろたなあ」と、私の歩む姿を見守っていただけていると思っております。

この宮の場主ご夫妻は、口には言い表せないほどのご苦労をなさって現在に至っておられます。そして来山された、難病や悩みで苦しんでおられる方々を救ってこられました。にもかかわらず質素な生活ぶりに心が痛みます。大体どこでも、宗教法人で人を助けると大金持ちになり贅沢三昧になるものです。しかし、この宮は、「名声も何も要らない。ただただ人のためになれるなら――」という切なる思いで建立されました。名前は残せません。残せるなら〝人のため〟という真の形を遺したい。どんな苦しいときも諦めず、この宮を訪ねてください。本当のことがわかります。ここに本当の宗教があるのだと私は確信致しました。合掌。

現代医学で解明できない事が起こっている

釣上　治三

平成四年十二月、血糖値が高いために入院することになりました。病院嫌い、薬嫌いの私は、薬を出されても「服用しません」とお断りし、〃毎日午前と午後とで一万歩以上歩くように〃と言われて、約四十日間それを実行しました。血糖値も正常に戻りまして、退院を控え、六十五歳を越しているので、精密検査を受けたところ、不審な点があるということで再検査を繰り返しました。検査結果の説明のために家族が呼ばれ、私も同席して主治医の先生から説明を受けました。「細胞を取ってよく調べましたが、悪性のガンで、胃を全部切り除かなくてはいけないから早急に手術を受けてください。そうしなければ一年余りの命です」と言われました。手術に対する同意書にサインを求められましたが、私達家族は即答せず「考えて返事しますので待って下さい」と言って、その日は病院を後にしました。私はその歳になるまで大病知らずで、ご先祖様より頂いた大切な身体に一度もメスを入れたことはありません。これからもそれだけはできないという思いで、もう一度主治医の先生に会って確認をいたしました。「先生に言われるとおりに手術をすれば転移などしないで、絶対に大丈夫でしょうか」とお聞きしましたら、「いくら医者でもあなたの身体の中までは分かりませんので、絶対に大丈夫とは言えません」との返事でした。私はその場で手術をお断りしました。

その後、私達は手術なしでガンを治せるところはないだろうかと、全国を探し回りました。しかし、そんなところはありませんでした。もうどうなってもよいと、あきらめの気持ちでおりました。しかし家族は違いました。どうしても私を助けたいと、執念を燃やして奔走してくれました。そしてとうとう、この宮の話を聞くことになったのです。私は半信半疑で、「何か変な新興宗教ではないか」と疑う気持ちもあり、素直に行く気にはなれませんでした。とりあえず家内が、どんなところかよく確認してくるからと、お宮へ行ってくれました。一週間後家内から連絡があり、「教祖や指導者がいて団体をつくっているところじゃない。修行するところでもない。ただ病や悩み事で苦しんでいる人達が自分自身を原点に戻し、ここでの研修により、自分を立ち直らせるところであるから急いで来るように」とのことでした。いくら家内がそう言っても、私自身で確かめないと納得することはできません。早速準備をして平成五年五月二十二日に、息子と二人で宮に向かいました。

宮に到着しまして、場主様にお会いし、いろいろとお話しさせて頂きました。「感謝の心と素直な心がなく、頑固で意地っ張りで屁理屈ばかり言って、でたらめな生活を繰り返しているから、不治難病のガンになるのです。誰の責任でもなく、自分自身の責任です」と場主様はおっしゃいました。そして研修のための心得を話されました。

一、今までの宗教の教えや知識を一切捨てよ
一、理論理屈を言うな
一、自我独善を捨てよ
一、研修中は家族のことや、その他のいろんなことなど考えるな

さらに「赤ちゃんのように徹底的に素直になり、健康に生んでくれた父母にお詫びを申し上げ、自分自身に感謝し、ただただ反省あるのみです。そして最後に感極まれば必ず治ります」とのことでした。また、場主様は「ここは団体などつくりませんし、私は教祖でも何でもありません。宮という形なので、こんな着物を着てこの宮を守らせて頂いていますが、普段は作業着で庭仕事ばっかりしています」とおっしゃってい

ました。私は場主様のお話に十分納得し、〝変な宗教ではないか〟との疑いも消えました。私は素直に「只今より早速研修をさせて頂きますから、よろしくお願いします」と申し上げまして十日間の研修に打ち込みました。一日目から三日目までは、「場主様から言われたとおり、何も考えずに〝無〟の心にならなくては……」との焦りがあり、かえって雑念ばかりが次々と頭に浮かんできます、こんなことでは駄目だと、四日目には一層心を引き締め写経に励みました。五日目になると自分でも不思議なほど冷静になり、頭の中に雑念は浮かんでこなくなったのです。すると今度は、過去の私の生活のことが次から次へと鮮明に思い出されてきました。

昭和二十二年の初めから、親の仕事を手伝い始め、〝一日も早くいろいろの要領を覚え、作業内容を呑み込まなくては跡が継げない〟と打ち込んでいました。昭和二十八年一月に会社組織を興し、本格的に取り組んでいくことになりました。昭和二十九年四月一日、妻の教江と結婚式を挙げました。翌年三月二十三日に長女ミサコが生まれ、二年後の昭和三十二年七月二十一日に長男の定男が生まれました。当時は工場の従業員が六十名近くおり、能率よく仕事をこなしてくれていました。仕事が終わると、職長、班長クラスの人を飲みに連れて行ったりしていたため、毎日午前様でした。家内には、これも仕事の延長だからと適当に言い訳をしていました。昭和三十四年に工場を移転し、規模も大きくなり、従業員数も以前の二倍位になりましたので、それを理由に飲み歩く日々が続きました。そのために家族との話し合いもなく、家族での一家だんらんなど二の次でした。自分本位の考えで、〝子育ては家内に任せておけばよいのだ〟と勝手気ままな理屈を押しつけ、家内が私に何か相談事があっても、「適当に解決しておいてくれ」と無責任極まる態度でした。そのような自己満足の生活を繰返していただけでしたので、ついに胃ガンと宣告されたのです。こんな病気になったのも自業自得で、「ご先祖様から頂いた大事な身体を痛め申し訳ありませんでした」と、素直にご先祖様にお詫びを申し上げました。そして同時に、若くして妻となり母となり、その若さでよく頑張り、私の勝手気ままで苦労ばかりかけた家内に、心から感謝致しました。

六日目の午後の写経中、どこからともなく、ご先祖様の声が聞こえてきました。「おまえの身体は元に戻り元気になるから、頑張れ」と励まして頂きました。まるで昨日の私のお詫びに応えてくださっているようでした。七日目、写経一途で過ぎましたが、心身ともに非常に調子が良く、写経の枚数も急激に増えました。八日目、午前と午後の二度にわたって、体内が激しく燃え上がるように熱くなりました。こんなことは初めての経験ですから、身体が変になったのではないだろうかと思いました。後ほど場主様にお伺いしましたら、「それが感極まったということです。二回も起きたんだから、元気な身体に戻りましたよ。信じる信じないは、あなた次第ですね」とおっしゃいました。私は疑う気持ちなど一切なく、「有難うございました」とお礼を申し上げました。九日目、一日胃腸に休んでもらおうと、絶食をしました。しかし身体はまったく疲労を感じることはなく、気分は爽快でした。

十日目の最終日、ご先祖様（父親）の出身地と同じこの和歌山県内の研修道場で、ガンを克服できたのも、何か特別な導きがあったと感じずにはいられませんでした。心より感謝申し上げました。そして、ご恩返しをしなくては申し訳ないと思い、宮のためにどんなことでも全力を挙げて協力をさせて頂きますと、決定（命にかけて成し遂げようと誓うこと）をしました。このように、私がガンを克服しまして元気な身体に戻りましたのも、家内と子供達、家族皆が「どうしても助けたい」と必死の気持ちで手を尽くしてくれたお陰でした。自分の愚かな考えだけで申し訳なかったと、家族に対して「有難う」と感謝の気持ちで一杯になりました。気がつけば、家族の団欒さえなかったわが家が、一つに固く結ばれていました。

これほど元気になった姿を、当時非常に心配して下さった主治医の先生に、ご報告に行くことにしました。平成九年六月十九日、病院を訪れました。先生は私の姿を見て「すごく元気になっていますね」と言って、とても驚いておられました。お世話になったお礼を申し上げ、この宮での十日間の生活を詳しくお話ししました。主治医の先生は真剣に聞いてくださり、「病の状態は本人の気力の差によって相当違ってくるものです。わが国の医学は、西洋に比べて非常に遅れていたので、全面的に西洋医学を取り入れざるを得ませんでした。それが現在も続いている結果となっていますが、医療器が発達すると同時に、医学界も研究を重ね、治療技術もある程度進歩させることができています。しかし不治難病、特にガンに関しては、まだ原因がわからないので限界があるのです。私も若いときは科学だけに頼って、義務感から、一日でも長く生きられるようにと延命治療をしてきました。しかし今は、それが患者さんにとって本当に良かったのかと、考えるようになりました」と言われました。

最後に主治医の先生は「あなたの話されたことについては否定しません。体験された方々と、しっかりと勤めてください」と言われ、私達はお別れしました。医師の立場として極端なことはおっしゃいませんでしたが、今の医学に関して最大限のお話を頂けたと大変嬉しく思っております。現在の医学では解明できないことが、この宮で起こっています。しかしその仕組みを知れば、それは不思議なことでも何でもなく、人間として本当に当たり前のことでした。今までの自分、今までの生活をしっかりと反省すれば、人間は完全無欠の身体なのでした。私はこの宮の研修生活の中でそれを体験致しました。本当にそれは紛れもない事実でした。現在私はこの宮の奉仕に入らせて頂いております。和歌山と大阪の二重生活ですが、家族皆が理解し、協力してくれております。いろいろな苦しみを抱えた人々が幸せを求めて訪れます。そんな方々により良い研修をして頂ける環境になればと、創建のために全力を捧げさせて頂いております。

ある晩、私は夢を見ました。戦友が次から次へと出てきては、私に言うのです。「この人助けの宮は凄いところだ。不幸な人達をどんどん助けられるように、一時も早く形を完成させてほしい。我々はそれを望んでいる」と口々に言うのです。三日三晩、まったく同じ内容の夢を見ました。私は大正十五年十月二十五日、この世に生を受けました。昭和十六年に大東亜戦争が始まり、世相は軍事色が濃くなり、いずれ招集を受けて軍隊入りしなくてはならないのなら、少しでも早く行くことにしようと心に決め、海軍の飛行予科練習生に志願しました。昭和十八年六月一日、山口県の岩国航空隊へ入隊。基礎体力づくりと、軍人としての根性を六か月間で徹底的にたたき込まれました。一人の落伍者もなく全員が頑張り抜き、予科練の課程を無事終了しました。次には、実際に練習機から始まり、実戦機乗りへの技術を習得するため、それぞれの目的地航空隊へ転属することに決まりました。壮行会が十二月二十三日に行われました。その席で、予科練の歌「貴様と俺とは同期の桜、離れ離れになろうとも国に殉じる心は一つである」と、全員がしっかりと結ばれました。この感激は今でも忘れません。死ぬまで忘れられないことです。私の実戦訓練地は台湾高雄航空隊で、到着から七か月間の猛特訓を重ねました。これも無事終了し、昭和十九年七月二十九日、実戦部隊配属でインドネシアのジャワ島スラバヤへ到着、任務に就きました。

昭和二十年六月、「内地での飛行兵が不足のため志願してくれないか」と話があり、内地への転属が決まりました。横浜の航空隊へ八月十三日到着。四日後に鹿児島県の大隅半島にある鹿屋基地へ移動し、特攻隊として出撃する予定になっていました。昭和二十年八月十五日、玉音の放送（天皇陛下による戦争終結宣言）があり、戦争は終わりました。そして九月に復員しました。あれから約五十年が過ぎました。私は一度戦争によって亡くすはずの生命が救われました。終戦がもう少し遅ければ、出撃予定がもう少し早ければ、私の生命は間違いなく散っていました。運命の不思議を感じずにはおられません。そして五十年の時を経て、私はまた生命を助けられました。この宮によってです。そしてこの宮に、あのとき散っていった戦友達が夢に三日三晩現れました。一度捨てた命、残された生命、それは私だけのものではありませんでした。私の生命は戦友達の上にあったのです。数多くの戦友達が純粋な気持ちで「お国のためになるなれば」と戦死していったことを思うと、申し訳ない気持ちでいっぱいになり、「君たちの死を無駄にはしない。この国の復興に力を注ぎ、必ず良い結果を出すから、陰ながら見守ってほしい」と心に誓いました。この宮で戦友達の供養をさせて頂くことにしました。日を決めて、毎月させて頂いております。戦友達とともにこの宮を守り、この宮の環境を充実させることが、人に何らかの役に立つことであると信じ、私の残りの人生をすべてここに注ぐことが我が使命だと心得ております。

戦争中、生命をかけて皆が心一つにしたこと。この精神こそが大和魂でありました。そして今まさに、この宮で生命を救われた人々が、同じ苦しみを持つ人に、私達と同じように助かってほしいと心一つにしています。ここにも大和魂がありました。私はあらためて、この大和魂が、悲惨極まる「戦争」というもののために使われるということが二度とあってはならないと思いました。現在世の中には、自己本位、自我独善、他人に無関心、素直な心がなければ感謝の心もない、好き放題な生活を繰り返し、結果、病院で見放される不治難病や不幸に陥った人で溢れかえっています。私もまさしくその中の一人でした。この宮に導かれ、自分でガンを克服することができ、自分の生きる意味を見つけました。ご奉仕させて頂いている中で、研修によって不幸から立ち直り、幸せをかみしめながら帰られる人々の姿をこの目で見させて頂いております。

私自身がガンを克服した喜びと、日々訪れる人々の姿によって、『この宮あれば、人生に不可能はなし』と確信しました。本当にその通りなのです。「この宮は求めずに尽くしきる」という心を基本に建てられました。研修で難病を克服された人、不幸から立ち直った人、皆さんがこの「誠心」で日々情熱を燃やし、誠を尽くされています。『宮』という形をとっているために変な新興宗教では、と勘違いされる方が数多くおられますが、「百聞は一見に如かず」です。疑う心を捨て、素直な心になってください。私はそのとおりにいたしました。そして余命一年余りと宣告された命は、以前にも増して活力に満ちています。妻がいて、娘がいて、息子夫婦がいて、孫達がいる。家族に囲まれ幸せに満ちています。この宮なかりせば、今の幸せはあり得ません。一日も早く皆様に幸せになって頂きたい、私にはその願いしかありません。合掌。

夫婦のきずな

松下佳克

平成四年の暮れに、私は初めて和歌山県那賀郡打田町にある東屋御前弁財天の宮信公養生場の道場を訪ねました。この当時、私と妻、そして長女里恵、次女美佳子、三女裕佳子の五人家族でした。次女、三女のアトピーがひどく、辛く苦しい日々を過ごしていました。その年の二月十日に、次女美佳子（一一〇〇グラム）、三女裕佳子（一四〇〇グラム）は、予定日より二か月早く双子の未熟児で生まれました。生まれてすぐ保育器の中に入れられ、本当に小さな赤ちゃんでした。生後三、四か月頃から二人とも髪の毛が抜け始め、頭に湿疹が出始めました。その頃、病院の先生からは「乳児湿疹です」と診断を受けていました。日を追うごとに湿疹が頭、顔、手、足と全身に広がっていき、子供達がアトピーと診断されるのに時間はそうかかりませんでした。

私はアトピーという病気をまったく知りませんでした。どうしていいかわからないので、病院の先生の言うとおり、もらってきた薬を塗っていました。すると全身に広がっていた湿疹が消えてなくなりました。私は治ったものと思っていました。毎日全身に大量に塗っていました。あるとき薬を塗っても湿疹が消えず、以前よりさらにひどくなっていました。このようなことを数回繰り返し、妻が病院から帰ってきて「だんだん薬が強くなっていってる」と言い、私は大変不安になり、アトピーについて本を読んだり人に聞いたりして調べました。そのときわかったことは、アトピーとは原因不明の病気で特効薬がなく、長くつきあっていかなければいけないこと。投薬はステロイド。それは長期連用すれば副作用があるということでした。私は子供達に塗っていた薬がステロイドだということを知り、すぐやめました。

するとリバウンド（離脱症状）が何日か後に現れました。一日中泣き叫びながら全身痒がります。まだ小さかったので自分の手で掻くことができず、身体を「く」の字にして足と足をこすり合わせ、顔と手は布団にこすりつけるのです。いつもシーツは血と黄色い汁だらけで、ふつう赤ちゃんはお乳の匂いがしますが、次女、三女はその黄色い汁の異様な臭いがしていました。特に私の記憶に残っているのは、このような状況です。妻が子供達のズボンの下にパッチをはかせていました。そして私が子供達を風呂に入れようとして服を脱がしていき、パッチを脱がそうとした瞬間驚きました。足のいたる所で、大きな赤くただれた部分から出ている黄色い汁が、パッチとくっついて剥がれなくなっていました。無理に剥がそうとすると赤くただれた部分から血が出てくるのでどうしていいかわからず、そのときはそのまま風呂にゆっくりつかり、少しずつ脱がしていきました。今でもあのときの次女、三女の姿は忘れません。

昼も夜も関係なく、子供達は交互に泣き叫んでいました。全身を掻きむしり血と黄色い汁だらけで、それでもまだ身体中の肉をむしり取るように掻き続けていました。子供達のこのような姿を一日中見ている妻は、治したい一心で必死でした。私はどこで知ったか忘れましたが、「子供のアトピーは大きくなれば治る」という言葉が心のどこかにあり、目の前の子供達のアトピーから逃げよう逃げようとしていました。またこのとき妻の実家でお世話になっていたということもあり、義両親、義姉、義弟が本当に一生懸命に子供達の世話をしてくれていたため、私はますます子供達に対して無責任になっていったのです。毎日酒を飲んで帰り、帰ってはすぐに寝る。たまに早く帰ったときは疲れているからとまったく動かず、周りにいる妻、義両親、義姉、義弟が子供達のことを一生懸命世話をしてくれているのに知らん顔をしていました。私はこの時期、思っていたことは妻の実家にいることが嫌だということでした。周りの人の目が気になり、嫌で嫌で仕方ありませんでした。義両親、義姉、義弟には私達家族のためにどれだけしてもらったか……。そんなことも感じず、まったく感謝がなく、これこそ恩知らずでした。妻にはストレートに私の本心を見抜かれ、「感謝しいや!」とよく言われました。私は決まって「オレはここにいたくない。お前に無理矢理連れてこられたんだ」と思っていました。

こんな心でいた私ですから、その態度が妻だけでなく義両親、義姉、義弟の前でも出ていたと思います。私の気分次第で、嫌な思いを数多くさせてきたことと思います。義両親、義姉、義弟はこんな私に気を遣ってくれていました。妻と口げんかしたときは、すべて私の味方になってくれました。そんなことにも気付かず、私は妻に「ここにいたら気を遣う」と平気で言っていました。恥ずかしい限りです。次女、三女に対してもそうでした。夜中に私と妻が疲れて寝ていると、痒くて掻きむしりながら泣き叫んでいる子供達を抱き寝かしつけてくれていました。義母は夜中私と一緒に、子供を一人ずつ抱っこしながら寝かしつけているとき「孫のアトピーを私が代わってあげたい」と涙を流してくれました。義姉は「子供達が一番辛く苦しい思いをしている」

と言って一日中抱っこしてくれていました。親である私ができないことを目の前で見せてくれていました。私は、我が子をこの手で、この心で力一杯抱きしめてあげることができませんでした。情けない父親でした。私の心の中には常に妻の目がありました。〃子供達のことを第一に考え、子供達に何かしてあげる〃という心で世話をしていたのでなく、後で妻に何か言われないためにする。子供達のためでなく、自分のために子供達の世話をしていたのです。一番大切な心が欠けていました。私の心はすさんでいました。

そんなときでした。妻は知人からアトピーが治るところがあると教えられ、話を聞きに行きました。帰ってくるなり、翌々日から和歌山のお宮さんに十日間の研修に行くと言いだしたので、私は大変驚きました。そのときの妻の話では、般若心経を写経し、自己を振り返り反省する。それを十日間行うというものでした。また「十七歳までの子供の一切は親の責任」「親が反省すれば必ず子供は治る」いろいろと話をしたと思うのですが、この二つの言葉しか頭に残っていません。住所と電話番号しか知らずに見たことも行ったこともない所に行くという妻に、反対できませんでした。私より子供達のことを思っている妻に反対できるはずもありません。妻は一年間程の間に三回研修に入りました。妻が不在の間、私と子供達は、私の実家や妻の実家でお世話になりました。その間、私は今まで子供達に抱いたことがないような親の温かさを感じました。私は今まで子供達に対して、これ程接したことはありませんでした。妻が不在なので子供達に寂しい思いをさせてはいけないと思い、仕事が終わればすぐに帰宅。今までの行動からは想像もつきませんでした。いろいろと考えたり思ったりしました。でも最後は、家族が一人でも欠けたら駄目だということでした。

妻は研修から帰ってきた後、今まで以上に子供達の世話をしていました。私の記憶では、夜はほとんど寝ていなかったように思います。いつ頃からか、子供を一人おんぶして毎晩寝ずに写経を七枚書き始めました。妻の必死の形相に、私もいつの間にか〝子供が少しでも長い時間寝られれば〟と一人ずつおんぶしベランダに出ました。そして前かがみになり、私の肩越しに子供の両手を握って掻かないようにさせながら寝かしつけていました。一日たった二、三時間でしたが、子供に初めて親らしいことをしました。このとき、私は長女に教えられました。双子の次女、三女の掻きむしられ黄色い汁の出たほっぺたに、何のためらいもなくほおずりし、本当に可愛がっていました。父親の私は、そんなことをしたことがありませんでした。妻の心にいつしか私の心も動かされ、研修に入ることを決意しました。子供達のアトピーを完全に治してやろうと考えたのです。

妻が一回目の研修を終えてちょうど一年後の平成五年の年末から、初めて十日間の研修に入りました。この頃には子供のアトピーは七、八割方治っていました。研修生活は朝五時の起床に始まり、六時に朝食、七時に朝づとめ、九時までに掃除を済ませます。そして九時から昼食（十二時から一時）をはさんで夕方の六時まで写経し、自らを振り返り反省。六時に夕食、七時から夕づとめ、八時三十分まで写経、十時消灯となります。一日の大半が写経し反省。妻から「研修は反省しなければいけない」と聞いていたので、初めは小さいときからの悪事を反省していました。そして朝づとめと夕づとめには場主様が法話をしてくださり、その中で何度も言われていたのが「十七歳までの子供の一切は親の責任」「親が反省すれば必ず子供は治る」「アトピーは命まで取りません。子供を一晩中抱っこして、悪かったと心から反省しなさい。すぐに治ります」ということ。私は何を言われているのか、さっぱりわかりませんでした。

研修も半ばの頃、私は二日間絶食をしました。このとき私は食事の前に唱和する『食事の言葉』で、自分自身が感謝のない人間だということに気付きました。

一、今、この食事の言葉を唱和できる自分自身に心から感謝してください。
二、この食前にある一切のものは天地自然の恵みでありますが、その全ては自らを犠牲にして私どもの生命を守りしものであります。
三、この食事をお作りくださいますまでには、並々ならぬ人々のまことが加わっています。
四、この食事は皇恩は申すに及ばず、父母先祖の無形の積善なくしては決して頂くことはできません。
五、以上のことを素直に受け止め、心から感謝して有り難く頂きます。

いつも何気なく食べている食事に私は感謝などしたことがないことに気付きました。これはすべてにおいて共通することだと思いました。父母のことを考えました。私のことを必死で生み育ててくれたのに「私は自分の子供達を両親と同じように育てているのか」と考えました。親は「私が幸福であるように」と願い、生み育ててくれました。その私は、このありさまです。本当に感謝などなく親不孝者でした。今私がこうしておられるのも、ご先祖様がだれ一人欠けることなく一生懸命生きてくださった証で、また両親に一生懸命生み育ててもらったお陰だということに気付きました。義両親、義姉、義弟に対しても私達家族のために自らの生活を犠牲にして、私達のために尽くしてくださっていたのだと感謝の念でいっぱいになりました。自分の子供達を一生懸命育てないといけないと思いました。そして私は下山しました。

私は研修の心で一生懸命生活をしました。子供のアトピーはあまり気にせず生活をしていました。すると気が付いたとき子供のアトピーは消えていました。妻が喘息になったのは子供のアトピーが治りかけのときでした。私は喘息を目の前で見たのは初めてで、心の底から怖かったです。年に何万人もの人が亡くなるのもうなずけます。妻を見ていて顔色は土色、くちびるは紫色、空気の吸える量が徐々に少なくなり、息ができず呼吸が止まれば、もう終わりだと感じました。喘息の発作で病院にも行きました。入院もしました。しかし喘息は治らないと思いました。今でも妻の胸が「ヒュ ーヒュー」といっている音は忘れません。

平成十年十一月二十三日、妻のお腹には五人目の子供（四女）が六か月目に入っていました。朝から調子が悪く風邪をひいたと思っていました。昼前頃から胸が「ヒュ ーヒュー」といい出し、どうしていいのかわかりませんでした。妻がお宮さんに行きたいと言うので、四人の子供と一緒にお宮さんに行きました。そしてその日の深夜にもお宮さんに行きました。こうしたことは今までも度々ありました。家を出るときは口もきけず一人で歩くことすらできませんが、行けば不思議と普通に近い状態でしゃべり、一人で歩けるようになるのです。しかし、これは一時しのぎで根本の原因がわからなければ治らないと、この後知りました。このときは朝方に家に着き、そのままとんぼ返りで研修に入ることを決めました。私は仕事があるので十一月二十四日の一日だけで、妻は二十八日までの予定で行きました。一日というのはあっという間で、すぐに帰る時間になりました。研修に入り妻は徐々に回復しているように見えました。しかし私が帰る時間が近づくにつれ、胸の「ヒューヒュー」という音が大きくなりだしました。私は大変心配になりましたが、四人の子供を妻の母に預けており、また仕事もあるので帰ることにしました。帰り道、車を運転しながら本当に心配になりました。喘息がひどくなったら一瞬で息の根が止まる。何かあってからでは遅い。妻の側にいてあげたいと思いました。家に帰ったら妻の母に、そして私の母にお願いしよう。それから会社の上司の家に連絡を入れて二十八日まで休ませてもらえるようにお願いしようと思い、急いで家に帰りました。

するとお宮さんから「折り返し連絡がほしい」と電話があったと妻の母から聞きま

した。一瞬どきっとしましたが、電話をすると「お腹に子供がいるので念のため病院に連れて行った」ということでした。そのときの会話の中で、お宮さんの方が感じられ言われた言葉は、「ご主人さんが帰られた後、奥さんが大変不安そうにされていました」とのことでした。私は研修の用意をし、急いでお宮さんに向かいました。帰る車の中でいろいろ考えました。今まで、喘息は自分が原因であるということを考えたことがありませんでした。しかし、お宮さんの方が感じられ伝えてくださった「ご主人さんが帰られた後、奥さんは大変不安そうにされていました」という言葉。私は妻に不安を与えていたことに気付きました。私が原因であることを実感しました。私は不安ばかり家族に与えていたのです。〝私の責任でない〟という大きな壁を心から取ってしまえば、いろいろなことが見え始めました。妻が喘息のとき場主様がよく言われていた言葉が蘇りました。

「喘息は人にハッとするようなことを言ったり、心が急《せ》いたりするからなるのです」

私にぴったり当てはまりました。

私がいつも持っている不平不満の心が、人を責める心が、妻の喘息を作っていた。いつもいつも私は家族に、安心ではなく不安を与えていたことに気付きました。妻はもちろん、子供達には大変申し訳ないことをしていた。妻は私のために死ぬ思いで苦しみ続けてくれていると思ったら、涙が止まらなくなり、大声で泣いていました。こんな男で申し訳ないと思いました。その日お宮さんに着いたのは深夜で、翌朝になってから妻に会うと元気にしていたので本当に嬉しかったです。日一日元気になっていきました。もう一つ、今回の研修でわかったことがあります。

以前、平成九年一月末頃、妻が四人目の子供（長男）を生む前に今回と同じようなことがありました。そのときは前日の夜から妻の調子が悪かったのですが、仕事上のつきあいで夜遅くの帰宅。そのまますぐ寝てしまって妻のことに気付きませんでした。翌朝、妻は「ヒューヒュー」といっていましたが、午前中に一件約束があったため、そのまま出勤してしまいました。心配だったので家に何度も連絡を入れていました。妻は我慢できず、そのときもうすでにお宮さんに向かってたのです。私は仕事の用件を済ませ、午後から会社を休んで帰ってきましたが、家にはだれもいません。心あたりの所に連絡を入れましたが、どこにもいませんでした。子供達も幼稚園から帰ってこないので心配していると、私の実家の母から子供達を預かっていると連絡が入り、妻はお宮さんに行っていることがわかりました。すぐ電話をしようとしたとき、お宮さんから連絡が入って「奥さんは今日帰れる状態ではないので泊まらせます」とのことでした。さらに、すぐに行こうと考えて妻の実家から車を借りようとした矢先、お宮さんから「お腹に子供がいるので病院に連れて行きたい。すぐ来てほしい」という連絡が入りました。私は急いでお宮さんに行き、晃作先生（きずな福祉作業場を開設している場主様の御子息）に大学病院に連れて行ってもらい、そのまま妻は入院することになったのです。このとき、もし私が妻の側にいて一緒に研修を受けていれば、四女の時と同じになっていただろうと思います。夫婦は二人で一つなんだと思い、それほど夫婦のきずなは大切なものなのだと実感しました。

妻は私に子供達に対する愛を教え、治してあげたいと必死に反省していた姿を見せてくれていました。そんな妻を私は喘息にしてしまいました。私に気付かせるためですと言っているように、子供がお腹にいるときに二回もです。子供達が「お父さん早く気付いてよ」と言っているように、子供の今ある姿は〝親の今ある心の姿〟だということがアトピーと喘息ではっきりとわかりました。子供の将来、そして子孫のためにも、私は父親である限り気が抜けません。夫婦のきずなをしっかり結び、夫婦が一つになり頑張っていこうと思います。そして、次女、三女のアトピーが治っていなければ、四人目、五人目の子供はいなかったと思います。それにあのままでは家族として成立していなかったと思います。今では五人の子供に囲まれて妻も元気で本当に幸福です。私達夫婦の家族、そして場主様、お宮さんの方々がいらっしゃらなければ、今の私達家族の姿はありません、本当に有難うございます。

子供の病気は親が治せる

松下かよ子

私達夫婦は、子供のアトピー性皮膚炎を治しました。昼夜を問わず掻きむしる子供達。傷だらけの子供を見ると、胸をえぐられる思いでした。アトピーの双子と一つ違いの長女を抱え、毎日が苦しくて一日を終えることが精一杯でした。先の見通しがなく、この子達が私の手から離れて、学校という集団生活へと出ていくのかと思うと、「痒いときは誰が掻いたりさすってくれるのだろう」と涙したこともありました。あの地獄の日々を振り返ると、本当に今は幸せです。感謝せずにはいられません。現在、娘二人が掻き傷一つない元気な身体で暮らせるのは、この宮で私達夫婦が本当のことを知り、心を改めたからです。あのときの私達家族と同じように苦しんでいる方達が今もどこかにおられるのかと思うと、この真実を自分達だけのものにすることはできません。

平成四年二月、私は双子の女の子を二か月早く帝王切開で出産しました。分娩台の上にいる私の耳に、突然子供の声が聞こえてきました。小さなかぼそい声でした。看護婦さんが「女の赤ちゃんですよ」と言って子供を見せてくれました。本当に小さな赤ちゃんでした。全身紫色で、〝これが人間の赤ちゃんか〟と思うような姿でした。子供達はすぐに保育器に入れられ、NICU（新生児・未熟児集中治療室）に運ばれました。私は出産の喜びはなく、ショックで外で待っていた主人に、「二人とも女の子やった」と言うのが精一杯でした。翌日、NICUに子供達を見に行きました。保育器の中の我が子はAちゃん（美佳子一一〇〇グラム）、Bちゃん（裕佳子一四〇〇グラム）とプレートに書かれていました。鼻と口にチューブが通され、身体中のいたる所に機械がつけられていました。そんな子供達の姿に私は涙が止まりませんでした。

「なんでこんな姿で生まれてきたんやろ。やっと生まれたのに、本当はもっと喜ばなあかんのに、嬉しいはずやのに……」

胸が張り裂けそうでした。お腹にいたときに、子供達のことをもっといたわればよかったのにと後悔しました。二か月後、子供達は退院しました。

私達家族は、出産前から私の実家でお世話になっていました。私は双子を生むという不安と、一つ違いの長女に手がかかるのを理由に親に甘え、産後も実家にとどまりました。両親、姉弟は働いているので、昼間は私一人で子供達を見ていました。本当に大変で毎日が戦争でした。美佳子と裕佳子が生後三か月の頃、二人の身体に湿疹が出始めました。病院に連れて行きましたが、軽く考えていました。診察の結果、乳児湿疹ということで塗り薬をもらいました。しかし、二、三日するとまた湿疹が出始め、再度病院へ連れて行くと、「アトピー性皮膚炎」と言われました。ショックでしたが、このときはまだアトピーがどんなものかわかりませんでした。初めはお腹と背中にポツポツと出ていた程度だったのが、あっという間に顔と手足とに広がっていきました。この頃の子供達は、手を使って掻くことはできませんでした。身体を左右にくねくねと曲げ、顔も手足も布団にこすりつけて、本能のまま掻いていました。私が気付いて側に行くと、子供達は、黄汁が出て皮がむけた状態でした。

子供達が成長するごとにアトピーは広がっていき、身体中が真っ赤になりました。二人が手を使えるようになってからは、もっとひどくなりました。爪で引っ掻き、黄汁が出て血が出ても掻き続けます。私が抱きあげ手を止めようとしても、泣き叫びながら狂ったように掻き続けるのです。薬もだんだん強いものへと変わりましたが、それでも私達は薬に頼るしかありませんでした。薬が効かないと思えば、他の病院を転々としました。病院に行く前は、〝ここで治してくれる、治してほしい〞と思い期待して行くのですが、アトピーで有名な病院は常に二～三時間待ちで、診察時間はほんの数分です。「どうすれば治るのですか？」という私の問いに、医師は、「大きくなったら治りますよ。お宅のようなひどいお子さんにはステロイドしかない。ステロイドが悪いのではなく使い方に問題があるのです」と言われ、出されたお薬をもらって帰りました。どこへ行っても〝治る〞とは言ってはくれず、納得のいく答えもありませんでした。それでも、私達は必死の思いで病院にすがりました。

その頃、世間ではアトピーが話題となっていました。医学的治療の他に、いろいろな民間療法が行われており、情報があふれ混乱していました。子供達には日に三度、ステロイドの飲み薬を服用、塗り薬を塗擦していました。ステロイドはよく効くのですが、薬の効き目が切れると子供達は掻き始めました。効いているときと切れたときの差が激しく、薬がなくなったときの怖さとともに、小さな子供達の身体を薬漬けにすることへの不安を覚えました。次第に、塗っても塗らなくても症状は変わらなくなりました。私は薬をやめ、民間療法をすることにしました。子供達はその日、一日中泣き狂いました。私はただ掻きむしる手を止めようと必死でした。特に裕佳子のほうがひどく、朝起きるといつも私の背中におぶっていました。痒みがひどくなると、背中の上でボリボリと爪をたて掻きむしっていました。長女の里恵と美佳子の世話もあるため、私は少しぐらい掻いても仕方ないと思っていました。子供をあやしたり、笑いかけたりする余裕などありませんでした。普通なら子供の成長を見ては喜ぶのでしょうが、私達家族には心から笑える日などありませんでした。子供達は身体中傷だらけで、あちらこちらが飛火《とびひ》のようになりました。私は子供達がどんなに痒いか、そして痛いかということがわかりませんでした。わかろうともしませんでした。だから、いろいろな療法もできたのだと思います。

漢方薬の店に行き相談すると「身体が小さいために内服で治すことは無理」ということで、薬草を煎じたお風呂に入れることにしました。服を脱がすと、皮膚が布地にくっついてはがれました。その度に、子供達は「ギャー」と声をあげ、お湯をかけると気が狂ったように叫び、お風呂に入っている間中も泣き続けていました。日に三度、子供達をお風呂に入れ、上がった後はふらふらでした。子供達は次第にお風呂に入ることが恐怖になり、ビクビクしながらも毎日こんなことを繰り返していました。食事も米・野菜・魚だけの食事をしましたが、何も変わることはありませんでした。何を食べても食べさせなくても、アトピーは出るときは出るのだと感じました。掻かなければこんなにもひどくならないだろうと思い、私は子供達の身体を衣服で隠しました。冬の間はまだましですが、夏でも長ズボンに長袖、靴下と、首から足の先まで隠しました。それでも子供達は服の上から掻き続け、衣服に黄汁と血がにじんでいました。暑さと痒さで本当にまいってしまい、言葉を話せない子供達は、ただ泣きながら掻きむしっていました。

私達家族にとって夜も地獄でした。子供達は眠くなると、異常なほど身体を掻きむしります。わずか数か月の子供の力とは思えないようなすごい力です。主人と私が一人ずつ抱いて子供の手を腕にはさみ、痒さを忘れさせるために揺すりました。揺するだけでは眠らず、しまいには本気で振り回し、それが十分、二十分、一時間と続きました。本当に子供達が眠るか根気比べでした。やっとの思いで寝かせても、すぐに起きてしまうこともあり、お互いの泣き声で交替に目を覚まして一晩中泣き続けることもしょっちゅうでした。夜中に泣き声で起こされ、どんなに抱いて振り回しても眠らない子供に、腹が立ちました。眠りたくても眠れない子供を思いやるよりも、私自身が眠りたいと思いました。「お母さんをこんなに苦しめて！」私は感情を押さえきれず、泣いている子供を布団の上に投げたこともありました。そんな自分を責め、後悔しながらも、泣き狂う子供の声にどうすることもできませんでした。本当に孤独でした。

横で寝ている主人に腹が立ち、泣いている子供を主人の顔の上に置くこともありました。夜中に主人を叩き起こし、「子供を寝かせて」と言って自分は布団にもぐり込んでも、泣き声で眠れませんでした。結局、揺すったり、振り回したりして寝かせます。本当にいつ寝ているのかわかりませんでした。互いが互いのことしか考えられず、朝起きると昨日は何回起きたとか当てつけに言っていました。主人が風邪を引いたら腹が立ちました。自分一人で子供の世話をしないといけないと思い、相手を思いやる気持ちもなく、私達夫婦は頻繁にぶつかりました。肉体的にも、精神的にも、私はギリギリのところまできていました。心の落ち着くところもなく、先の見通しもない。こんな生活がいつまで続くのだろう。ゆっくりと眠りたい。心からホッとしたい。医学では完全な治療法がない。民間療法もできることはやった。それでも駄目ならと、私は宗教に助けを求めました。家中御祓いをし、霊媒師のところにも通いましたけれど、何一つ変わることなく日々は過ぎていきました。

そんな折、伯母の友人でアトピーの治った人がいると聞き、私はその人に会わせてもらいました。そのときに聞いた話は、「十七歳までの子供の病気や一切の不幸は親の責任、親が心を改めれば治る。そのためには十日間の研修で般若心経を写経し、自分の過去のすべてを振り返り反省すればいい」というものでした。今まで聞いたことのない言葉でした。どこに行っても誰もアトピーの原因を教えてはくれませんでした。私は、なぜ子供がアトピーになるのか、ずっと原因を捜してきました。何かの災い、因縁でもあるのか、と思っていました。まさか親の私に原因があったとは考えもしませんでした。信じられませんでした。しかし「反省」という言葉に、私はハッとしました。あんなに苦しんだアトピー。子供達を苦しめ、家族を苦しめたアトピーは、私の今までしてきた行い……私のせいだった。私が子供達の身体をこんなふうにしたのだとしたら、子供達に本当に申し訳なかったと思いました。「十日間の研修で子供達が良くなるのならすぐにでも行きたい」と思いました。

主人と家族の了承を得て、話を聞いた二日後に私は荷物を持って、住所と電話番号だけを頼りに、研修に入るために宮へと向かいました。子供達を置いていくのは胸が締めつけられる思いでしたが必死の覚悟でした。子供達のアトピーを治したい。原因がわからなかった今までとは違う。私が原因で子供達をアトピーにしたのなら、私が治せると思いました。私が宮に着いたのは午後七時過ぎ、夕づとめの時間でした。場主様の御法話の中で「十七歳までの子供の病気、不幸は親の責任です。親が心から反省すれば治ります」とおっしゃるのを聞いて、やっぱり私の責任だったのかと思いました。場主様は私に「松下さん何と心配そうな顔してるのですか。お子さんは治りますよ。がんばってください」と言ってくださり、私は安心しました。研修一日目の朝、目覚めた私は不謹慎ながら「こんなにも眠ることができた」と思いました。子供達を産んでから、一度もそんなふうに思ったことはありませんでした。家に置いてきた子供達のことを思うと涙があふれましたが、子供達のアトピーを治そうと決心しました。それから場主様のお部屋へ改めて挨拶に行きました。

場主様は私に次のようなことを話されました。

「お子さんを早く治してあげなさい。子供には罪はありません。親の責任です。お子さんを一晩中抱きしめて、こんなひどい目に遭わせたと謝りなさい。心から反省しなさい。お子さんのことを一番心配し一番悩んでいる人が原因です。一番の原因は両親にありますが、両親が研修に入ってもお子さんが良くならないのなら、両方の祖父母に研修して頂きなさい。お子さんをかわいいと思う人から研修しなさい。家族の中で一人でも病気や不幸な人がいるなら、それは家族全体の責任です」

このお話は私の胸にぐさりときました。本当に胸にしみ込みました。写経をしているとたくさんの反省が出てきました。

私達夫婦の結婚は順序が逆でした。主人と付き合い始めて三年経った頃、私は妊娠しました。結婚の話が具体的に進むにつれて、主人の実家と私の実家の価値観の違いに対し不満を持つようになりました。主人は長男。義両親と仲良くやって行けるのだろうか。「同居は絶対にイヤ」私は主人に、同居はしないと約束させて結婚しました。結婚前からこんな思いを持ったままだったので、その後の生活もうまくいきませんでした。嫁に来たという自覚がなく、義両親を夫だけの両親だと思っていました。長女が生まれてからも主人の実家になじめず、家事をしていても常に義母とのことが心に引っ掛かっていました。自分の事は棚に上げ、義母に言われたことをいつまでも根に持ち、「こんなことを言われたら、こう言い返そう」と考えていました。そのくせ、援助してもらえることは何でもしてほしく、心からの感謝などありませんでした。

主人に対しても本当にひどい妻でした。結婚生活は初めが肝心だと思い、仕事から疲れて帰ってきた主人をこき使い、家事もすべて分担してやってほしいと考えました。主人へのいたわりや思いやりなどなく、家の中では私が中心で考え行動していました。私が主人の実家のことで愚痴を言い、それが原因でよくケンカになりました。私はその度、口癖のように「離婚して」と言っていました。初めのうちは遠慮がちに言っていたことが、次第にエスカレートしていき、平気で口にするようになりました。この頃の私は本当に最低でした。夫婦なら思いやり、いたわり合うのが本当なのに、私は主人に対して、そんな心を一つも持っていませんでした。自分の実家に対する愚痴を聞かされ、主人がどんな思いをしているのかを考えもせず、自分の感情をぶつけるだけでした。

こんなすさんだ心でいるときに、私は美佳子と裕佳子を妊娠しました。毎日イライラし、不満だらけでした。昔の私はこんなふうじゃなかったのにと思いながらも、自分の感情をどうしようもできませんでした。お腹の子供のことを何も考えようとせず、いたわりもしませんでした。子供を授かる前は「子供がほしい」と望んでいたくせに、一度に二人の子供ができたことに戸惑いました。極小未熟児のために貧血状態で産まれた子供達は色が黒く、「女の子なら色の白い子がいい」と、そんなことを思いました。

どんなに小さな身体でも元気に産まれてきてくれたことに感謝などせず、くだらないことにこだわりました。子供のことよりも自分のことを考え、楽な育児をしようとばかりしました。

なんてバカな親だったのか。子供を授かることが、どんなにありがたいことか。五体満足で産まれてきてくれたことが、どんなにありがたいことか。そして子供がどれほど大切なことか、私は少しもわかっていない母親失格の人間でした。子供達をアトピーにしたのは私でした。子供のことよりも自分のことばかり考える冷たい母親でした。妻として主人をいたわらず、いい嫁になれず、義両親をないがしろにしていました。すべて私の間違った心が原因だったのです。子供達は、私に教えてくれていたのだと思いました。子供達がお腹にいるときから、夫と仲良く暮らし、どちらの両親も大切にし、自分達が本当の親の心を持っていたなら、二人とも極小未熟児で産まれたり、アトピーになることなどなかった。子供達は私に良いお母さんになってほしかったのだ、と思いました。本当に子供達に悪いことをした、と反省しました。これからは夫婦仲良くやって行こう。親孝行しよう。子供達を大切に育てよう。そう私は決定して、十日間の研修を終えました。

けれど、研修で今までの自分の行動と態度を反省したものの、私の思いはそこまででした。まだ、「自分だけが悪いんじゃない」という気持ちがありました。私がこんな態度に出るのは、義母にも責任があると思っていました。家に帰り、子供達の姿を見ては涙が止まりませんでした。内心、ガッカリしました。二人は、私が研修に行く前とそんなに変わっていませんでした。けれど宮を信じる心は変わりませんでした。それは今までの自分の行いや間違った心が原因で子供をアトピーにしたということがわかったからです。それまでの私は、病気は医者が治してくれるものだと思っていました。医者や薬や物に頼り、それでもダメなら神仏に願い事ばかりし、ご利益信仰の生活を続けてきました。不治難病は治らない。不治難病になれば不運だ。この世の終わりのように考えていましたが、そうではなかった。宮へ行き、自分の今までの考え方が誤りであったことに気付きました。病気も不幸も自分の間違った心が作り出したものので、原因は自分の中にあった。子供のことは親に責任がある。だからこそ、どんな病気も不幸も何に頼ることもなく、自分で解決できるということがわかりました。本当に嬉しかった。それは言葉にできないほどの感動でした。すがる思いで訪れたこの宮で、場主様、奥様、奉仕の方々などのたくさんの人達から、暖かい真心を頂きました。損得勘定なしで人を思い、人のために尽くしてくださる場所はどこにもありませんでした。心から私のことを叱り、歪んだ心を正しい方向へ導いてくださった場主様。私は「宮に来て良かった。ありがたい」と心から思い、家に帰ってからも夫や家族、知人、街行く人にまで、この宮のことを教えたいと思いました。

最初の研修から半年後に二度目の研修に入らせて頂きました。反省は一度目の研修と同じです。場主様の御法話で両親の話を聞かせて頂きました。

「一番近い先祖は両親です。親に孝行できない者は幸せになれません。嫁いだ先のご両親を本当の親とし、ご両親も嫁を実の娘だと思うものです」

けれどこのときの私は、まだ本当の意味がわかっていませんでした。「親孝行しなければいけない」と頭から押さえつけていただけだったからです。それからは義母とは穏やかな関係が続き、私は「仲良くなれて良かった」と心から思いました。そして義母にも研修に入ってほしい、お互いが同じ気持ちでいればうまくやって行けると思い、その裏側には、私の望む理想の義母であってほしいという思いがありました。私はだんだん研修生活で改めたことも忘れ、相手に求める気持ちが強くなっていきました。

ある日、私は電話で義母に、子供を預かってもらいたいと頼みました。そのときは無理で、その後も何度か断られました。私は義母に腹を立て、主人に愚痴をこぼし、それが原因でケンカになりました。私があまりにうるさいので主人は義母に電話をしました。電話で義母と私は口論になりました。私は今まで義母にお世話になったことやお金に困ったときに援助してもらったことも忘れて、その場の感情で言い返しました。主人は私達のいさかいをどうすることもできず、翌日義母と宮へ行くと言いました。私はとっさに自分がいないところでどんな話になるか主人の反対を押して子供達を連れ、皆で宮に行きました。主人は場主様に、私と義母のことを話しました。場主様は私に「両親は尊いのです。親に意見するとは何事ですか。親に対しては常に素直な心で接してください」とおっしゃいました。それでも私は帰りの車中でも義母と口論をしてしまいました。帰宅してから、冷静になって考えました。やはり私が悪い、義母に言い過ぎたと思いました。よく遊びに行き、話もするようになったものの、結局私は都合のいいときだけ親を利用していました。だから自分の思う通りにならなかったとき、義母に対して不満を持ったのです。義母が怒るのは当たり前でした。頭だけでわかったつもりでいたけれど、心からの感謝がありませんでした。義母と私の板ばさみにあって主人を苦しめました。何のために研修に入ったのだろう。私は自分の態度を強く後悔しました。そして義母に謝るために電話をしました。義母は「こんな親子ゲンカや」と言ってくれましたが、私は今度こそ本当に心から反省し、自分を改めることができるまで主人の実家にはいけないと思いました。

それから後の一か月間、いろいろなことがありました。子供達のアトピーは一向に良くなりませんでした。昼間、子供を連れて外出するとき、他人にアトピーの子供の看病疲れでやつれているように見られるのが嫌で、私は自分を飾りました。長女の里恵は公園が大好きで、毎日通っていました。私は内心気が進みませんでした。里恵は公園に行くと、お友達を押したり叩いたりしました。初めは遊ぶつもりなのですが、自分の要求が満たされないと手が出ていました。私は里恵の側から離れませんでした。こんなに気を使うのなら、家で遊ばせようかと悩みました。悩んだ末、いつしか「私が悪い。私が悪いからだ」と思うようになりました。私の責任だと素直に受け入れました。そうすると、いろいろなことが見えてきました。今まで義母がしてくれたことや、私の間違った行いがたくさん浮かんできました。主人の実家に行きたくなり、義母とも以前のように仲良くなりました。けれど、子供達のアトピーは変わりませんでした。毎日むずかって泣き叫び、揺すっても何をしても眠りませんでした。

私は、「どうせ眠れないのなら写経でもしよう」と思いました。特にひどい裕佳子を背負ったまま、写経し始めました。右手で写経し、身体を揺すりながら、左手で泣いて暴れている裕佳子の身体をさすりました。一枚、書き終えた頃、背中の裕佳子が眠っていることに気付きました。私は信じられませんでした。あんなに寝かしつけるのに苦労していたのに、私が写経している間に眠っていたのです。それまで三時間続けて眠ったことのない子供が続けて眠ったとき、どんなに嬉しかったでしょう。「私が写経をして子供達が少しでも眠れるのなら」と写経せずにはいられませんでした。そして、その日から毎日写経すると決めました。一つでも反省が出てくればいいと思い、毎晩、七枚書くことにしました。家の用事を済ませ、子供達を寝かしつけてから写経をしました。疲労のためはかどらず、七枚書き終えるといつも午前三時を回っていましたが、子供達が夜中、何度も起きるよりはずっとましでした。睡魔との戦いでした。「寝んでも死ねへん」と自分自身に言い聞かせ、子供のアトピーが治ることを祈りながら写経しました。するとたくさんの反省が出てきました。里恵の公園での振る舞いも、思い通りにならないと不機嫌になり、主人や母に当たり散らす私の姿を映していました。そしてお友達のお母さんに何度も謝ったのは、人に対して頭を低くすることを知らない私に、そのことを教えてくれていたのだと思いました。起こることを皆受け止めてみると、日常生活の中に反省するべきことがたくさんありました。いろいろな形で、いろいろなことを教えていただきました。私が写経するために、夫が子供三人を寝かせてくれました。私達夫婦はこのとき本当に一つになりました。夫のことを気づかうようになりました。

この頃から、子供達は日毎によく眠ってくれるようになりました。写経をし始めてから子供達が眠るようになったのは、私がただ、子供のことだけを一心に思う親の心になれたからだと思います。毎日、一生懸命子供達を育てていると、可愛くて可愛くて仕方ありませんでした。そうすると、ふと「私も主人もこんなふうにして育てられたのか」と思いました。私の両親は、私達姉弟を育てるため、学校に行かせるために借金までして育ててくれました。そんな両親の心もわからず、親の言うことも聞かず、好き勝手にしてきました。私が結婚し、生活に困るとお金を借りることが平気になり、いい加減なことをしました。子供達が生まれてからも私の都合で両親を振り回しました。年老いて具合がすぐれなくとも、私が困っていると嫌とは言わずできる限りのことをしてくれました。子供達がアトピーになったとき、どれだけ心配をかけ、看病疲れしている私に替わって子供達の世話をしてくれたことか。子供達のひどい姿を見て代わってやりたいと涙を流してくれた父、母の気持ちをわかりませんでした。

主人の両親も私の両親と同じで主人を一生懸命育ててくれました。主人を一人前にするまでどんな苦労があったのでしょう。そんな大事な息子が私と結婚し、嫁の私がかわいげのない態度で接し、両親をどんなに悲しませたことか。自分のことは棚にあげ、あんなこと言われた、こんなことを言われたと不満に思いました。嫁の自覚もなく嫁として何一つ両親を喜ばせてあげることもなく、してもらうばかりでした。両親が私達の生活を心配してくれたことも考えもせず、好きなように生活してきました。私達を育ててあげるのには、どんなに大変だっただろう。どんなにご苦労があっただろう。そう思うと、私はなんて親不孝なひどい娘だったのかと思い、同時に主人を産み育ててくれた両親に対して感謝とともに嫁として申し訳ないことをしたと心から反省しました。私が子供達をただ心から愛しいと思うように、両方の両親も私や主人を何の見返りもない無償の愛で育ててくれたのだと気付きました。子供達を一生懸命育てることによって初めて、両親、義両親の心がわかりました。子供が親を思う心よりも、親が子を思う心ははかりしれないものだとわかりました。そんな両親に親不孝すれば幸せになれるはずがありません。私達がどんなに親孝行しても両親から産み育てられた恩にはかなうわけはありません。親というものがどれだけすごいものか。どれだけありがたいものかわかりました。私達を産《う》み育ててくれたお父さんお母さん、本当にありがとうございました。

子供達のアトピーは、写経してから本当にすごい早さで良くなっていきました。眠れるようになりました。眠れるということは痒くないから眠れるのです。ジュクジュクだった所が乾いていき傷になり、かさぶたになり、顔、手足という順に引いていきました。像の足のようだった皮膚が、きれいな子供のツルツルした肌になりました。その間、七か月ほどでした。一歳九か月の頃には完全に良くなりました。その後九年経ちますが、一度もアトピーも出ることはありません。誰もアトピーだったとは思えないほど、ツルツルした子供の肌です。

主人と私の二人だけでは、あの苦しい時期を乗り越えることができませんでした。主人と私の両親、兄弟達、皆に支えられ助けられました。家族全員が一つになり、アトピーを完治しました。現在の医学では確かな原因もわかっていないアトピー性皮膚炎。それでも何とかして治したい、苦しみから逃れたいと、医学を信じている方は大勢おられます。薬の副作用に怯えながらも、なす術もなく病院を訪れます。患者にとって医師の言葉はすべてであると思います。

私達夫婦は先日、子供達がアトピーになって最初に訪れた病院へ行きました。その病院には患者がステロイドを断ち切るための入院施設があり、毎日患者さんのために誠心誠意の治療が行われています。私達はその病院の医師にお会いすることができました。「私達は子供のアトピーを治しました」と言い、親が必死になって愛情で治したことを伝えると、医師は「それはわかります」と言ってくださいました。そして「薬がなくても親が手をかければ治るということはわかっています。でも親が薬なしでどこまで辛抱できるかが問題なのです。ダニ、ホコリが原因とは思いません。今の医学ではアトピーを治す薬も、痒みをなくす薬さえもありません。押さえるためにはステロイドしかない。しかし、副作用があります。あらゆる病の中で、医者が治せるものは数が限られているのです」とおっしゃいました。「成人の方には治る薬はない。自分自身でしか治せない」と言っておられました。

「自分自身で治す」といっても、どのようにして自分自身で治すかわからないから皆、困っているのだと思いました。私は、アトピーの子供さんとご両親と接する機会が度々ありました。そして、その度に思い、感じました。アトピーの軽度は関係なく、どんなにかわいい子供であっても身体は別です。どんなに痒いか、痛いかということも身体の痛みは親でもわかりません。アトピーが長引けば長引くほど、親もまひしてしまいます。悪いとわかっていても、治す方法がわからないから薬や物に頼ってしまう。これらの方法で抑えて、ましになっている間はいい。これらの方法をやり尽くしたとき、何をやってもダメだと思ったときは本当に恐いです。そんなとき思い出してください。本当に親が治せるのです。両親の心からの反省で治ります。私は一切の薬や物に頼らず、親の心からの反省と親の愛で子供のアトピーを治しました。医者も患者もこの宮のことを知れば、こんなにも沢山の人が苦しむことはないのにと思いました。私は医学では無理なら民間療法、果ては霊媒師のところまで駆け込みました。そして、ギリギリのところでこの宮に出会えたのです。現代医学では治らない、他に頼れるところもない、そんな人達に「大丈夫です」と断言できるところがあったのです。

この宮に来るまで本当に苦しかった。嫁姑問題で悩み苦しみ続け、夫とは離婚していたかもしれません。

「十七歳までの子供の病気、不幸は親の責任」

このことを知ることもなく、子供が病気をしても何も深く考えることもなく、ただ薬だけを飲ませていたと思います。子供に起こる不祥事もすべて、子供のせいにしていたと思います。頭ごなしに叱りつけ、親が反省することもなく、〝こんなことをしたあんたが悪い〟と言っていたに違いありません。研修に入らなければ、自分がどんな人間か自分の間違いも気付かずにいました。自分のことばかり考え、人に対して思いやりもありませんでした。損得で物事を考え、人のために何かをするわけでもなく出し惜しみばかりしてきました。謙虚な心もなく、〝自分が、自分が〟という自我独善の生活をし続けていました。「自分の不幸は自分にある、すべては自分が悪かった」と心から反省したとき、楽になれました。人を嫌ったり、憎んだり人のせいにすることほど苦しいことはないのだと思いました。今、私はこの上なく幸せを感じています。六人の子宝に恵まれ、夫婦で仲良く安心して暮らしています。ただ毎日を一生懸命生きる。自分にできることを精一杯やり抜こうと心に決めています。本当にありがとうございました。

「絶対に助けてみせる」

齊藤秀嗣

科学が高度に発達した現代においても、科学的な知識や考え方だけではとても理解できない不思議で信じがたい出来事が存在するように思います。私達夫婦が体験したことも本当に不思議な出来事でした。まさか、このような形でガンが完全に治るとは夢にも思っていませんでした。阪神大震災から約一か月後、長男誕生。その二か月後に妻洋子が右耳の下に何か塊があることに気付きました。本人は、脂肪の塊か何かだろうと、さほど気にもしていないようでしたが、家族の者は心配してすぐに病院で診察を受けるように勧めました。妻は、近くの吹田市民病院で診察を受けましたが、耳鼻科の担当医から腫瘍であるのですぐに手術をしなければならないと言われたとのことでした。職場でその知らせを聞いた私は、すぐに帰宅しました。今でもどこをどうやって帰ったのかまったく覚えていません。その後、誤診であるかもしれないし、もし本当に手術をするということになれば少しでも腕の良い先生に診て頂こうと、関西医大を受診し直しました。そして、最終的な検査結果から出た結論は、耳下腺の混合腫瘍でした。妻と二人で最終的な検査結果を聞いたときの医師の言葉は今でも忘れられません。MRIを示し「このツルっとしている部分が良性で、このでこぼこしている部分が悪性です。ほっておくとどんどん大きくなり、良性の部分も悪性に変わります。見つけ次第早急に手術するのが鉄則です。手術の日程を決めますので外でお待ちください」

『悪性』と言われたときのショックと言ったら言葉では表せません。私は、妻に一日でも早い手術日を勧めましたが、妻は生後間もない長男への授乳が心配で、なるべく後の手術日にしようと考えているようでした。結局、妻の希望で手術日を選択し、平成七年七月二十一日が入院予定日と決まりました。

私は、関西医大での手術までにできる限りのことをしようと思い、少しでも効果があると言われる療法（医学的、民間療法などにとらわれず）を試しました。具体的にはビタミンE・Cの摂取や漢方薬、気功、AHCC（治療食品）、ハスミワクチン、ヒーリングや神様参りまでもいたしました。あるとき、ハスミワクチンを打って頂いているH先生から「粉ミルク療法」というガンに効く治療法があるということを伺い、早速その先生のところへ電話をすることにいたしました。翌日の夜十時。妻と子供達は、妻の実家に帰っておりました。「粉ミルク療法」の先生に電話しましたところ「一度話を聞きにきなさい」ということで、先生とお会いする約束をいたしました。そのとき、「奥さんがガンで、子供さんが二人もいるの？」「三歳と四か月の子と！」「まあ、大変ねえ、本当に大変だわ」と言われていたのが今でも耳に残っています。電話を切った後、しばらくしてから無性に悲しくなり、「洋子死ぬな！　絶対に死ぬな！」と泣きながら叫んでいました。

「洋子は何も悪いことなんかしていません。ガンになるような悪いことなんか絶対にしていません。私をガンにしてください。そのかわり洋子のガンを消してください。どうか神様、洋子を助けてください。自分の命はどうなってもいいから洋子の命を助けてください――。洋子の命を助けてほしいというのがムシのいい願いなら、自分の命を洋子にやってほしい。自分に残されている寿命を全部洋子にやってほしい。せめて、そのくらいの願いは聞き届けてほしい」と泣きながら頼みました。「絶対に洋子を助ける！」「何が何でも絶対に洋子を助けてみせる！」と心に誓いました。また、「洋子が死ねば俺の負けだ」とも思いました。「粉ミルク療法」の先生のところで妻がお世話になっている間、私は数回妻の様子を見にそこを訪れました。吹田から粉ミルク療法のある玉造まで原付で往復しましたが、一度『天神祭』と重なり、あちらこちらで交通規制がありどこをどう通って行ったのか……。とにかく暑い街中を走ったことは覚えています。「粉ミルク療法」の先生のところで二週間お世話になり、妻は帰ってきました。私の目から見て、何も変わっていないようでした。

ところで「粉ミルク療法」を受けるため、直前になって関西医大の手術をキャンセルしていましたので、また民間療法やハスミワクチンによる生活に戻りました。しかし、家族の話し合いで検査だけは受けておいた方がいいということになり、大阪大学医学部附属病院（以下阪大病院と記します）でまったく初めから検査をして頂くことにしました。吹田の市民病院でも関西医大でもそうでしたが検査に付き添っているとき、あるいは検査を受けに病院へ行くときの何とも言えない重苦しい嫌な気持ちは、今でも身体が覚えています。やがて、すべての検査が終了し、その結果を二人で聞きに行きましたが、医師からＭＲＩの画像を見せられたときは、絶望のあまり、全身の力が抜け、血の気が引いていくような、それほど落胆いたしました。今まで短期間であったとはいえ、様々な療法を試しましたが、まったく効果がなく、むしろ病状が悪化しているのではないかと思えたからです。本当に絶望感に打ちひしがれました。阪大病院でも早期の入院と手術を勧められました。入院予定日は九月二十一日と決まりました。

それにしても今振り返ってみて、当時一体どのような生活をしていたのか。子供達と遊んでやっていたのか？　地震で半壊した実家はいつの間に元通りになったのか？　ほとんど何も思い出すことができません。しかし、それとは反対に、奈良の北病院へＡＨＣのことを聞くために、暑い中を子供を抱えて電車を乗り継いで行ったことや、漢方薬を処方して頂くために行った医院の漢方薬の臭い、検査を受けるために行った病院の薄暗い待合室、人々があふれんばかりにごったがえした病院の外来、シンチ検査を受けるために行った病院の地下室、仮設の病院駐車場などなどの風景ばかり覚えています。妻も私も、もう本当に駄目だと思ったときがありました。ガンが転移していると思ったからです。妻は大泣きしていましたが、そのとき、「たとえ医学が駄目でも他にもいろいろな方法がある。どうしても駄目ならフランスのルルドへ行こう」と妻を励ましたことがありました（聖地ルルドには奇跡を起こす泉があると世界的に知られています）。私としては、妻の命が助かるのであれば、どのような方法でも良かったのです。医学は科学の一部であり、現代の科学でもわからないことも多いのです。ましてや不治難病の最たるものであるガンは、最新の医学でも治療することが大変難しいのです。ですから、本当に妻の命が助かるのであれば、たとえそれが民間療法であれ、宗教であれ、心霊治療であれ、ルルドの泉であれ、何でも良かったのです。『ガンが治る』という事実が、結果こそが最も大切なことでした。

阪大病院への入院を控えていた九月のある日曜日の朝、知り合いの方から「今、和歌山にいるけど、やっぱり来た方がいいと思う。今から吹田まで迎えに行ってあげるから考えてみて」との電話が義母を通じてありました。実は、私たちの仲人の男性が末期の胃ガンだったのですが、その方は和歌山にある「東屋御前弁財天の宮・信公養生場」という研修道場で自分自身の力でガンを治されたのだそうです。妻がガンになる前からこの話は伺っていたのですが、半信半疑でなかなか気が進まないでいたのです。この電話を受けて、「そこまで親切に言ってくださるのなら」と、早速、妻と子供達を連れて和歌山に向けて出発しました。途中、山道を迷いながらやっとのことで「東屋御前弁財天の宮・やすらぎの杜」に着きました。抜けるような深い青空が広がる九月の日曜日でした。東屋御前弁財天の宮に着きますと早々に紹介者が出迎えてくださり、その道場の責任者と思われる方に会わせて頂きました。その方から、「ガンは百パーセント治ります。ここはそれができるところです」

私はその言葉を聞いて何が何だかよくわかりませんでした。東屋御前弁財天の宮を後にしました。私が妻に「どうする？」と尋ねますと「(研修に) 行きたい。十日間で結論がでるのなら行ってみたい」と答えました。

十日程経って、妻をお宮さんに送って行く日、山道を走りながら、こんな遠くへたった一人で妻をおいて行くとは何とも言えず淋しいものでした。妻が研修に行っている十日間は、妻の両親には自宅のマンションに泊まり込んで、私や子供達の面倒を見て頂きました。私の両親にもまた、下の子供を預かってもらいました。義父はマンションに泊まっている間、早朝に散歩に出かけておりました。最近になって、そのときの義父は妻のために時間を合わせて（研修生は朝五時三十分に起床することになっている）散歩に出かけ、妻の病気が治ることを祈って、般若心経を唱えていたということを知りました。妻が研修に入って二日目のことですが、テレビで「ふるさとZIP探偵団」という番組の中で、京都府の和知町というところの、「癌封寺」というガンを治す御利益があるお寺さんのことを放送していました。私は次の日早々に、長女の有紀を連れて癌封寺を目指しました。途中、山の中で車が流されそうなくらいの土砂降りの雨に見舞われましたが、癌封寺に着いたときには雨もすっかり上がり、青空が広がっていました。癌封寺には私達の他にも四組ほどの家族が来られていましたが、どの方も何とも言えず悲しそうな沈んだ表情でした。檀家さん達のにぎやかな笑い声とは対照的で、きっと私のように家族にガンの人がいるのだろうと感じました。

十日間がたち、妻を迎えにお宮さんに行きました。妻は元気そうで、私に「私、もうガンは治った」と言いました。私には、どうしてそのように言うのかがわかりませんでしたが、それよりも十日間ハスミワクチンを打っていないことを心配していました。帰宅してから、妻にハスミワクチンやAHCCをとるように勧めたのですが、妻は、〝ガンはもう治ったのでそれらをとることは必要ない〟そして、〝私がお宮さんの研修に入ってそれでもなおかつ必要だと思えば、それに従う〟と言いました。私は「治った」という妻の言葉を信じたい反面、「本当に治ったのだろうか」という不安で一杯でした。妻が研修を終えてから三週間後、私も十日間の研修を受けることにしました。理由がわからないまでも妻を助けたかったからです。ところで、当時の私がつけていた仕事のことなどを記す日程表などを見ますと、仕事についてはほとんど書かれておらず、五行目ごとに〝ワクチン〟〝漢方先生に診てもらう〟〝阪大〟などの文字しかなく、あとは空欄になっていました。日程表の上では『ガン一色』になっていることがうかがえます。研修を受けるには十一日間仕事を休まなければなりません。仕事を長期間休まなければならないことも大変でしたが、上司に何と説明しようか困りました。ある日、意を決して直属の上司を含む三人の上司に仕事が終わってから、十一日間の休暇を願い出ました。その理由として、妻が四か月前にガンを宣告されたこと、今までいろいろな治療法を施してきたがあまり効果が見られなかったので新たに精神的な療法を受けさせようと考えていること、そのために自分も付き添いで行くことなどを話しました。上司は意外にも、あっさりと休むことを認めてくださいました。

平成七年十月十八日から研修を受けることになりました。初めのうちはわけがわからず大変でしたが、妻のガンを治すため研修に入ったので、そのことを祈っていました。お百度も踏みました。真夜中に起き、参道と呼ばれる砕石を敷いただけの道を歩くのですが、その痛いことといったら、数歩行っては立ち止まりということを繰り返し、なかなか前へ進めませんでした。それにしても一歩先に研修を受けた妻は、どんな気持ちでこのお百度を踏んだのだろうかと思いました。ガンを宣告され、幼い子供二人を家に残して、誰一人知る者もいない遠い山の中で真暗闇の参道をたった一人で歩いていたのかと思うと可哀想で仕方ありませんでした。本当に申し訳ない気持ちでした。お宮さんの研修は、このようにお百度を踏む（自由）こともあるのですが、主として般若心経を書き写すことで、自分自身を見つめ、徹底的に今までのことを反省し、何が不幸（妻の場合はガン）の原因かを突き止めます。そして、そのことがわかり心の底から申し訳なかった、すまなかったと反省できれば自然と不幸は無くなります。妻の場合、「ガンを治した」のではなく、「ガンが治った」ということになります。

しかし、病気は本人だけの責任ではありません。家族全体の責任です。家族が一丸となれば、どのような病気も不幸も消えてしまいます。夫である私が研修に入ったのもそういった理由であることを後になって知りました。現代は、科学万能の世の中です。非科学的なことを言えば、軽蔑され、笑い飛ばされ、変人扱いされる世の中です。科学至上主義と言ってもいいかもしれません。「ガンは百パーセント治ります」という言葉を「そんな馬鹿なこと」と片付けてしまっていたら、私たち家族の今の幸せな生活はあり得ませんでした。しかし、私自身のことを言いますと、研修中にガンは治ることはわかったのですが（本当はわかっていなかった）、不安でした。不安ということは信じていないということだと思います。これには私自身、本当に苦しみました。信じられない苦しみです。例えば、ガンが治ることを科学的な手法にのっとって証明してゆけば、私も理解し、信ずることが容易であったと思います。しかし、このお宮さんはそういった所では決してありません。自分で体得（体験し、身体に覚えさせること）するしか道はないのです。

私も研修を終えてから、いろいろなことがあって（ガンが百パーセント治ることがようやくわかったような出来の悪い研修生でした。いろいろなことと言いますと、私は、二十歳のころから「心室生期外収縮」という病気を持っていたのですが（いわゆる不整脈の一種）、この病気は一生ずっと薬を飲み続けねばなりません。あと何十年もこんな薬を飲み続けるわけにはいかないので、半年くらい飲んで止めてしまいました。案の定、職場の健康診断ごとに指摘され、不安でしたが薬は飲みませんでした。研修を終えてしばらく後になってから、不整脈が治っていることに気付きました。これには大変驚きました。なぜ治ったのかわかりませんでしたが、恐らく、いろいろなことを反省したからではないかと思います。原因を特定していないのですから、本当に治ったということにはならないのですが、とにかく治っていました。

こんなこともありました。研修を終えて半年ぐらいした頃、一歳くらいの男の子でアトピーのひどい子供さんがいましたが、アトピーというのは私が考えていたものと全然違い、皮膚が溶けだしていくような、それはひどい状態でした。そのひどい状態であった子供さんがあるとき、つるつるの元気な子になっているではありませんか。ひどい状態が確か一、二か月前だったのではないかと思い出し、本当にびっくりしました。聞けば若いご両親が二人揃って研修に入られたのだそうです。このようにして、研修中にはわからなかったことが、その後の普段の生活の中において、いろいろな面から次第に体験を積み重ねて実感できたような次第です。最近になって知ったことですが、ガンを宣告されてから妻は毎晩毎晩人知れず泣いていたそうです。私や子供達に心配させてはいけないと思い、平静を装っていたのでした。妻の本当の気持ちをわかってやれず大変申し訳ないことをしました。一人で苦しませて済まなかった。一人で泣かせて済まなかった。本当に済まないことをしました。さぞかし辛かっただろうと思います。本当に薄情な夫でした。こんな辛い思いをするのは私達だけで十分です。もう誰にも、こんな辛い思いをさせたくありません。

そして、私達の体験が、今もガンで苦しんでいらっしゃる方々に、少しでもお役に立てればと願います。ガンの宣告を受けた衝撃や悲しみは肩代わりしてあげることはできませんが、「ガンは治る」という希望を与えることができるかもしれません。あれから五年。私は当時のことを振り返って、もし、あのとき「お宮さん」に出会うことがなかったら、今ごろ妻は、子供達は、私自身や両親は一体どうなっていたことでしょう。そう思うと、お宮さんや私達に手を差しのべてくださった多くの方々に対して、感謝の気持ちでいっぱいです。本当に有難うございました。お陰様で今、妻は、子供達は、家族は、皆幸せです。

「ガン完治への伝言」

齊藤洋子

ガン完治――。これほど嬉しく、有難いことはありません。どれほど切望していたことでしょう。「死にたくない。死ねない。生きたい……」

ずっと心の中で叫び続けていました。ガンという宣告は、一瞬にして人の身も心も凍り付かせてしまう恐ろしいものでした。

平成七年五月（長男出産後三か月程経った頃）、右耳下部にアサリ大の塊があることに気付きました。私は脂肪の塊か、何かちょっとした物だろうと簡単に考えていました。しかし、早く病院へ行くようにと家族から勧められ、数日の内に市民病院の耳鼻科を訪れました。医師は触診しただけで、「これは腫瘍ですから、絶対に手術をしないとダメですよ。詳しい検査をして、この次に来られたときに手術の日を決めましょう」と言われました。私はまったく予想していなかった医師の言葉に驚き、「大変なことになった。どうしよう」と不安でたまらなくなりました。自宅で待つ両親に電話を入れ、同行していた伯母と娘にも簡単に話すのが精一杯で、飛んで帰りました。自宅について、主人へ連絡を取り内容を伝えると「すぐに帰るから」とのことで一時間ほどして戻って来てくれました。両親、主人が揃い、いろいろと相談した結果、一件の病院の結果だけでは判断しかねるため、他の病院でも診察してもらうこと、そして、同じ手術を受けるのなら腕のいい先生にしてもらえるようにと八方に手を尽くし、次の医大病院の教授診察の紹介をして頂きました。

医大ではまた詳しい検査をし直しました。その結果は、私や家族の誰もが想像していなかった最悪の事態になりました。主人とともに映像を目の前にして聞いた言葉は、「このツルっとした部分が良性で、このデコボコの部分が悪性が含まれる混合腫瘍です。良性の部分も、いずれ悪性へと転化する可能性が高いため、見つけ次第取ってしまうのが鉄則です。手術の日についてはカーテンの外でお話します」というような内容でした。あまりにも淡々とした説明の中に『悪性』という言葉だけが私達夫婦の心に突き刺さりました。悪性＝ガン＝死を連想し、後は涙で何も見えなくなり、その後の医師の言葉はどんな内容であったかも覚えていません。横にいた主人の顔から、さっと血の気が引いたのは記憶に残っています。手術日を選ぶときも、主人は一日も早い日を望んで私に促しましたが、私は自分の置かれている状況についてショックを受けてはいるものの、まだ現実として受け止めきれていなかったのでしょう。自分のことよりも生後三か月の長男への授乳のことや三歳の娘のことしか考えられず、早期の手術日に抵抗していました。主人は、進行と他の部位への転移を恐れ、必死だったと思います。冷静な判断ができる心の状態であれば、私の主張は無茶苦茶と思いますが、私は『悪性』という言葉のショックから普通の精神状態ではありませんでした。それでも何十分か後には、教授の執刀される一番早い手術日を選んで次回の来院日（術前検査のため）と入院の申し込みまで指示されて帰りました。

『悪性』と告げられた日の病院から以後の記憶は、すっかりありません。主人の運転で、どの道を走ったのかも、何かを話すことができていたのかもまったく覚えていません。この日から我が家はガン患者のいる家となり、それはそれは重苦しい、昼も夜も、季節の変化も素通りしてしまうような毎日が続きました。どれほど泣いたでしょう。子供達や親の前では泣いてはいけないと頑張っていても、洗面所で自分の姿を見ても悲しくて、お風呂に入っていても涙があふれ水道の蛇口をひねって泣き声を消していました。それでも、まだまだ手のかかる子供達のおかげで育児の間は一時でもガンのことを忘れることができました。私の体調は、耳の下に塊があって、その一部に悪性があるという言葉を告げられたショック以外は、どこにも変調がないため、日常の生活ができていました。しかし、心の中は迫ってくる手術の日、恐怖、焦り、死などが交差していました。私以上に主人や両親はどれほどの思いで私を励まし、見守り、支えてくれていたでしょう。ガン患者もしくはその御家族ならほとんどの方がされるように、私の家族も必死になってガンが治る方法を探してくれました。

　主人は寝る間も惜しんであっちこっちに情報を求め続け、私の知らない間に高価な治療食品を購入したり、民間療法についても次々と問い合わせ、休日もなく走り回ってくれていました。両親も伯母までもが知人から〝ガンに効く〟と言われているワクチンや治療法の情報を集めてくれました。結局はこのときの我が家の考えは、手術日までにあらゆる可能性を試し、少しでも腫瘍を小さくして手術に臨むということでした。すがれる物は何でもすがらせてもらう、神仏にも霊能者の力にもすがらせてもらいながら、ワクチン注射、漢方薬、ＡＨＣＣ（治療食品）、ビタミン摂取、気功、カイロプラクティック等を併用していました。短期間に集中併用して、何か一つでも効いてくれることを望んでいました。私の内心は、日一日と近づく手術に対して、申し込みはしているものの、どうしても受け入れることができていませんでした。手術をしてもガンが百パーセント完治するという説明もありませんし、耳からあごにかけての手術でまひも傷も残ることが、死と直面しているにもかかわらず納得できないでいました。

手術日の直前になって主人がミルク療法についての情報を得て、その実践者と会うことになりました。その人は「切ったら最後よ」と言われ、父と主人と私にミルク療法の説明をされました。このときの私は、目前に迫る手術に対して半ばあきらめかけていましたので、言われるままに右から左へと身体を動かしていただけでした。そして、医大での紹介を無駄にして、勝手な理由をつけて手術を断ることにしたのです。入院予定日に行き先を変更して、ミルク療法の先生の所で二週間の治療に入りました。〝身体をやせさせてガン細胞もやせさせる〟という主旨に沿っての厳しい食事療法でした。どんなに辛くても、好きなものが一生食べられなくても、この療法を守ってさえいれば、ガンで死なない、生きられるという希望があれば我慢できると思いました。しかし、この当時の私の様子は主人、両親にとって希望を与える物ではなく、逆に

「本当にダメかもしれない」と思わせていたことを後で知りました。食事療法を主体にさまざまな健康食品、ワクチン注射や漢方薬、気功、カイロプラクティックを始めて二か月が過ぎていました。

医大の手術を断ってからは、どこの病院とも直接つながりがなくなり、現在の私自身のガン細胞についてはなにもわからない状態だったため、一度病院で検査を受けてみることにしました。今度は紹介も受けずに一般で受診して検査を受けました。私自身もそうでしたが、私以上に家族は検査結果に期待を持っていました。あれほど集中併用しているのだから、少しは塊が小さくなっているだろうと。しかし、ガンはそんなに簡単なものではありませんでした。目の前に示された映像は二か月前とは何ら変化が無く、医師の説明では「早いうちに手術をしなくてはいけません。神経を巻き込んでいるので、ふくらはぎから神経を取って移植をする時間も入れて、八時間位の手術になります」という内容でした。五月に初めて宣告を受けたときよりも、もっと厳しい内容でした。さらに次の受診日には、「ここの病院の手術室が予約一杯なので、先まで置いておけないために他の病院の手術室を借りて、私達が出向いて執刀します」と言われました。一回目の結果説明のときほどのショックは受けませんでしたが、〝今度はいよいよ手術しかないのだろうか〟と行き詰まってきました。手術を断ってまでとり入れた民間療法の数々もその効果は得られず、手術日が近づいても何の希望も持てない虚しい日が続いていました。

　手術が予定されていた九月の初旬に、母が友人から私の近況を尋ねられるという機会がありました。この人の一家は、和歌山にある「東屋御前弁財天の宮・信公養生場」という所で、ガンを治したという体験を持っておられました。ご主人が、医師から余命一年と言われていた胃ガンでしたが、本人、家族の希望で手術以外の方法を探し試した後、ついに自分で治すという信公養生場に辿りつかれ、十日間の実践生活によって健康を取り戻されたとのことでした。私は、この体験を以前（ガン患者でなかった頃）、母から聞いてはいたものの、〝ガンを自分で治す〟という意味もわからず、信じられず、また深く考えることもありませんでした。しかし、自分が同じようにガン患者になって困っていたときに、再び聞いた「絶対に治る」という言葉に、心が少し動きました。それでもすぐには行動を起こすことはできませんでした。当時、世間ではある新興宗教の団体が事件を起こして大騒ぎになっていたこともあって、〝東屋御前弁財天の宮〟という名称から知りもしないのに勝手な想像をし、「宗教的なことを何かする所ではないか」と思い込んでいたのです。けれども、この宮で真実の体験をされた方や私をガンの苦しみから救ってあげようと一生懸命になってくださる方々の真心が、私達の重い足を和歌山の宮まで動かすように持っていってくださいました。

日曜日の朝、私達夫婦と子供達で東屋御前弁財天の宮へ来山させて頂きました。何もわからないまま、とにかく場主様と呼ばれる方にお会いしてお話を伺ってみようと思ってのことでした。そのとき、初めて来山させて頂いた宮でお会いする方々が、とても優しい笑顔で合掌される姿が自然でした。紹介してくださった方とともに、場主様にお目にかかりました。すると、私の想像（ガンも不治難病も治せる宮だから凄い感じの人かな……）に反して、とても物腰のやわらかい方で、合掌をされて私達夫婦を迎え入れてくださいました。私は、緊張しながら「右の耳の下に塊があって、病院で検査をした結果は、良性と一部に悪性のある混合腫瘍と言われました。治療は手術しかないと言われています」とお話ししました。「絶対に顔を切りたくありません」と続けた私の言葉の後に、場主様は「ガンは百パーセント治ります。ここは、それができる所です。そのためには、ここで十日間の研修生活をしてもらわんとあきませんなあ」と、あっさり普通のことのように話されました。主人も私も、家族の誰もが一番切望していた言葉。

「ガンが百パーセント治る」

この言葉の重み……。医師でも言えないことを断言され、また、この言葉どおりにガンを完治しておられる生き証人の姿が、私の沈みかけていた生命に希望を与えてくれました。嬉しくて嬉しくて私は、もう何の疑いも持つことなく、この宮の研修生活に入ることを即決していました。主人が「どうする？」と尋ねたときも「行きたい」と答えました。

〝どんなことをしてでもガンを治してやりたい〟と願ってくれていた家族の協力を得て、私はガン完治のために九月十八日から十日間の研修生活に入らせて頂きました。

「家のことは何も心配しないでいいから、一生懸命やってきなさい」と送り出してくれた母の言葉は、本当に優しく、そして申し訳なく思いました。吹田市にある自宅を早朝に出て一時間半ほどの道中、主人はどんなことを思っていたのでしょう。私以上に不安であったと思います。何も内容がわからないけれど、この東屋御前弁財天の宮での研修生活でガンを治した人が何人もいるという事実を受け止め、私の意志を尊重して送り出してくれました。私も主人も口にこそ出しませんでしたが、ここで治すことができなければ手術しかない。そして、その先の生命の保証もないことを痛切に感じながら、不安を隠しきれない暗い表情をして宮の入口に着きました。そんな私達に、「早うおいででしたなあ」とニッコリ迎えてくださった方が場主様でした。先日お目にかかったときとは、服装がすっかり変わっていて麦わら帽の作業着姿で庭の木々に水をまいておられました。穏やかで温かい言葉に、少しは心も落ちつき、荷物を置いて来山式が始まるのを待ちました。同じ研修を受ける人が、私の他に六名おられました。主人も来山式に出席した後、寂しそうな心配そうな面持ちで帰っていきました。

研修生活は、般若心経の写経が中心で日課のほとんどを占めていました。まず最初に、写経をする際の注意点について説明がありました。その説明の中で、写経をしているうちに自分の過去の行いの中での反省が浮かんでくれば、それを反省文として書きとめる行為が、とても重要であると聞きました。その他には特に細かい指示もなく来山式から一時間ほど後には、研修生の一人として写経をする机に向かっていました。私は、写経をすることは以前にも経験があったため何の違和感もなく、自然な形で始めることができました。研修生活については何の予備知識もなく参加させて頂いたため、言われるままスケジュールをこなす研修生でした。目的はただ一つ、「ガン完治」

だけでした。この研修の目指すところは、自分自身で治す実践の地で、幸せになる道を体得することでした。ガン患者の私にとって〝幸せになる道〟とは、ガンが治る方法でした。どうすればガンが治るのか、それを必死で探し求めて、最後に辿り着いた研修生活でした。体験者から聞いていた「自分自身で治す」という言葉通り、この宮では、特定の人や何かの物に頼って治すということは一切ありませんでした。自分の身体にできたガン。なぜ、ガンという病気になったのか、その原因を追求する。原因がわかれば治し方もわかる。答えは自分自身の中に必ずあるということを、日課にある朝夕のおつとめの法話から、日を重ねるうちに感じ取ることができました。

「ガンになるには、なるだけの原因が自分自身の中にある」という言葉には驚きました。正直言って、昨日まではガン患者という不運な私をいたわり、気遣ってくれる家族、親類、友人達がかけてくれる言葉に甘えていたので、場主様の法話の言葉に「そうだったのか」とは、すぐに思うことができませんでした。しかし、この宮の写経は書けば書くほど、自分の忘れかけていた過去や、忘れてしまっていたことを思い出させてくれました。最初に〝反省〟という言葉を聞いた時は、「私は今まで警察のお世話になるようなことをした覚えもないし、両親を困らせるようなことをしてきたつもりもないけれど……」と思っていました。けれども、この研修の反省というのは、誰が判断しても悪いと思われる表面上のことだけでは済まされない、もっともっとその当時の自分の心の中の思いをさらけ出すことでした。無理に反省を絞り出すという行為ではなく、写経を一枚ずつ一枚ずつ重ねていく毎に少しずつ過去を思い出し、あのときは言い過ぎた、あのときのあの行動は間違っていたというふうに気付いていきました。

私は、ある日の場主様の法話で夫婦のあるべき姿をお聞きしたときに、大きく反省しなければならないと思いました。夫婦は二人合わせて十の力であって、それぞれ夫は六、妻は四の天分がある。この六と四が正しい調和であって、この調和が崩れている夫婦にはさまざまな危機があることを初めて知りました。私は、主人にどんどん引っ張ってもらえる力強い夫婦関係を望んでいました。けれど実際には、主人の優しさにあぐらをかく傲慢な妻でした。口やかましく、何でも自分の物差しで判断することが日常でした。ケンカをして泣いてしまうと、「独身のときはこんなに悲しい思いなんてしたことがなかったのに」とケンカの原因や自分自身を省みることなどまったくせず、主人を心の中でも、口でも責めていました。ケンカはそれほど多くしていたわけではありませんが、一番信頼し合っていなければならない主人を心の中で責めているのですから、主人にとっては良妻であるはずがありません。主人の気持ちを尊重できない妻に、安らぎのある家庭など築けるわけがありません。私はまったく四の力にはなれていませんでした。それなのに、主人が六の力を発揮してくれることばかりを望んでいました。私が出過ぎているために、主人は六になろうとしてもなれずにいたこと、主人を押しつぶしていた失格妻であったことに、やっと気付かせて頂きました。「これなら、病気になっても仕方がない」と思いました。素直な気持ちになって、主人に申し訳ないと思い、反省しました。

また、別の日の法話の中に「耳は、人の言うことを聞くためにあります。先祖様の言われることを聞いていない耳は要りませんな。一番近い先祖さまは両親です」という言葉がありました。名指しこそされませんでしたが、耳のことならば「私のことを言われているのだ」とすぐに気付きました。この法話を聞いてからの私は、自問自答を始めました。そして、また写経によっていろいろな反省が浮かび、ついに、なぜ耳のガンになったのかをはっきりと追求することができました。私は、齊藤家に嫁いで七年間、特にもめ事もなく、子宝にも恵まれて幸せに暮らさせて頂いていました。けれども、両親が私達一家のため、私のため、子供のためにいろいろな助言をしてくださっていても、表面上は聞いていましたが、自分の意に添わなければ心の中で反発していました。何かを買ってもらったり、何かをして頂いたときだけは喜ぶという風に本当に勝手な心でいました。私は、齊藤家に嫁いで一番大切にしなくてはならないことが何であるかが、まったくわからずに過ごさせて頂いていたことに気付きました。私が何より大切に思っている家庭、主人がいて子供達がいるこの当たり前の姿が存在するのは、両親あってのことであり、先祖様の誰一人として欠けることなくいてくださったことを、本当に有難く思えました。一番近しい先祖様ということも、言われてみて気付く愚か者でした。〝七年間、特にもめ事もなく……〟ではなかった。ただただ不出来な嫁のことを、そっと見守り辛抱してくださっていたのだと、その親の深い愛を知りました。親は、何よりも子供の幸せを願ってくれる尊い人であって、絶対に親を越えることなどできないと気付きました。私は、一番大切にしなくてはならない両親と主人をないがしろにしてきました。その結果の病気でした。

「ガンになるには、なるだけの原因が自分自身の中にある」

この言葉のとおり、最初は自分自身でも気付いていなかった心の奥底に、ガンになる原因がありました。結婚をして家庭を持った喜びを忘れ、間違った心で積み上げた数年間の結果が「ガン」でした。自分の一番間違った心を追求することができて、恥ずかしく、申し訳なく思いながら、お詫びの反省文を書きました。その翌朝、日課にしていたお百度を踏んでいるときに、涙が出て仕方がありませんでした。悲しいことを思い出しての涙ではなく、どんどん溢れ、自分の意志とは関係のない涙の出方に不思議な感じがしました。身体にも異変がありました。夜、宿舎で寝る前の整理整頓をしているとき、今までほとんど痛みを感じたことがない患部にギューとした痛みを感じました。「今日はどうしてこんなに痛むのだろう」と思いました。けれどもこのとき不安な気持ちはまったくありませんでした。むしろこの痛みは、誰かに細胞をギューと握られ縮んでいくかのような嬉しい痛みでした。「ガンは百パーセント治る」と言われた嬉しさ、自分自身の中にあるガンの原因を知ったときの衝撃、気付き、そして身体の異変を経て、「ガンは百パーセント治る」ことを自分自身で確信しました。あれほど怖かったガンの正体がわかった。治し方がわかった私の心は、とても安らいでいました。この日を境に、私はもうガン患者でなくなりました。死の淵の苦しみから抜け出すことができました。

私は、五月に腫瘍の一部に悪性があるとわかったときから、研修生活で「ガンが治った」と確信するまでに四か月間の苦しみがありましたが、患者である気力の萎えた私を支え、励ましてくれた主人、両親、子供達はどれほどの辛い四か月であったかと思うと申し訳なく、また有難い気持ちで一杯です。齊藤家の両親には、私の蒔いた種によってガンという病気になって、嫁として妻として母としての務めを果たせないときに、我が身を削って助け支えて頂きました。

「どんなことがあっても、この子達（孫）のことを面倒見る責任があると必死だった」と、ずっとずっと後で聞きました。

「生後三か月ほどの赤ちゃんの世話は、とても身体に負担をかけていたと思います。本当に有難うございました。申し訳ありませんでした。私からどんどんお父さんお母さんに近づいて、本当の齊藤家の人間にならせて頂きます。よろしくお願いいたします」

実家の両親には、本当に心配をかけ苦しみを与えてしまい、申し訳なく思います。我が子がガンという病気に侵されていると知ったときのショックは、私以上のものであったでしょう。子供を持って年数の浅い私でも、我が子の不幸を目の当たりにしたとき、代われるものなら代わってやりたい。私の生命を捧げても救ってやりたいと胸が張り裂けそうです。どんなに厳しい検査結果を聞いても、私の前では決して動じず、常に最善策を求め、支え行動をともにしてくれました。ワクチンがガンに効くと聞いた二、三日後には、東京まで私を連れていってくれた父は、言葉には出さず必死で私を守って元気づけてくれました。医師に会ったときに聞き漏らすことがないようにと、メモにその詳細がいっぱい書き込まれてありました。父と二人で行った初めての旅行先が、ガンを治すための診療所であることの残酷な現実に、悲しみ以外の何もありませんでした。往きの新幹線に同乗している私達（親子）以外の人が皆、幸せそうに見えました。いろいろな検査を受けるために、たびたび訪れた病院の廊下で私を待っている父の姿は、本当に不安そうで寂しそうに見えました。「私は何という親不孝者か」と申し訳ない気持ちでいっぱいでした。また、涙がこぼれました。

母は、私に代わってできる限りのことをしてくれました。度重なる検査のため、子供達を預かり、家事の一切を引き受けてくれました。私の病気のことで一番陰で支え、涙を流してくれた母の心労は計りしれません。元気になった後、数年してから、「あのときの痩せた後ろ姿を見て、この子は本当にガンなのかと思ってしまった時期があった」と聞きました。どんなに心配をかけていたことでしょう。研修道場へ行く朝の「家のことは何も心配しないでいいから、しっかりやってきなさい」と言ってくれた言葉は、母の思いがいっぱい込められた、これ以上は何も言えない精一杯のものであったと思います。だからこそ、研修に打ち込めました。幼い子供を二人残して十日間も家を留守にすることはとても辛く大変なことですが、今の十日間とこれから先、永遠に子供達の前からいなくなることを考えると、「この研修に生命をかけるのが一番いい」と、自分で選んだ方法でした。「健康な身体に生み育ててもらいながら、ガンという恐ろしい病気を作り出し、心配をかけた親不孝をお許しください。本当に有難うございました」

主人には、ただただ申し訳ない気持ちと感謝でいっぱいです。「この人だから助かった。助けてもらえた」と思いました。病人の私以上に泣きたかったでしょう。辛かったでしょう。私を支え励まし、ガンに効く治療法を探して走りまわる日々の中で、社会人として仕事を果たし、二人の子供達の父親であることを忘れずに何もかもを受け止めてくれました。もし、私と主人が逆の立場だったなら、これほどまでに尽くすことができただろうかと思いました。主人は、私の病気を自分自身の苦しみとして闘ってくれました。だからこそ完治することができました。生命がどれほど尊く、重いものであるか、仕事よりもお金よりも何よりも優先させるのが、私の生命を助けることであると認識し行動に表してくれました。「ガン完治に向かって全力で走り続けてくれた数か月、本当に本当に有難うございました。これからもよろしくお願いいたします」

三歳の娘と生後三か月の息子には、本当に可哀想な思いをさせてしまいました。三歳の娘には生まれてから一日も離れたことがなかったのに、どれほど寂しい思いをさせたでしょう。母親の泣き顔を見て不安でたまらなかったでしょう。わがままも言わず素直で、三歳ながら一生懸命に私をいたわってくれました。息子には一番大切な時期に、抱いてあげる時間も授乳も不足してしまったことが、とても申し訳なく心残りです。生後三か月頃から日増しに成長するその細かい変化も、気付いてやれずに過ごしてしまったことを反省しています。「あなた達がいてくれたから、お母さんは頑張ることが出来ました。優しい言葉、ニッコリ笑顔が、どんなにお母さんを助けてくれたことでしょう。有難う」

私はとても幸せ者です。家族全員が必死に支え励ましながら、私をガン完治へ導いてくれました。私は、この家族の一人であることが本当に嬉しく思います。私は、十日間の研修を終え終了式に参加させて頂いたとき、「二度とガン患者に戻らない」ことを生命と約束しました。ガンになった原因を追求することができました。だからこそ、治し方も体得し、この先の人生を幸せに生きる道がわかりました。もう何も怖くありません。自信を持って生きていきます。「この宮がある限り、ガンの人は皆、助かる」と確信しました。私の体験を伝えよう、この宮のことを一人でも多くの人に伝え、助かって頂きたいと思い、下山させて頂きました。私を迎えに来てくれた主人には、「治ったよ、有難う」と開口一番に伝えました。今、思えば主人は、治すことを何よりも望んでいたでしょうが、このときはまだ私の言葉の真意を測りかねていたと思います。そして、心配しながら待ってくれていた家族も「治った」という私の言葉を信じるしかなくて、当初は戸惑っていたと思います。しかし、私は下山後から生き生きとして日に日に元気を取り戻し、普通の生活を営むことができていましたので、研修前のように家族に不安を与える病人ではありませんでした。本当に元気になっている私の姿を見て安心し、誰も病院へ行くようにとは言いませんでした。検査の数字や映像で判断するのではなく、私の元気な姿が治ったことを証明していましたし、最終的に医師から告げられていた「神経を巻き込んで腫瘍が出来ているので、もうすぐしゃべれなくなりますよ」という症状も一切ありませんでした。その後は、以前にも増して元気そのものです。

右耳下部の塊が悪性であると初めて知った日から五年が過ぎました。この五年間、私は一度も再発の不安を感じたことがありませんし、五年生存を待ち望む生活でもありませんでした。ガンは、五年前に完治させました。そして、この五年間の生活は、「この宮があったからこそ」という感謝の思いでいっぱいです。「ガンは治る」という、あの言葉を信じたからこそ、今を生きることができています。どうか、どうか、ガン患者を持つ家族の方々へお願いいたします。誰一人として、ガンで死にたくありません。年若くても、ご年配の方であっても同じ生命です。助けてあげてください。「ガンは治る、必ず助けてみせる」と言ってあげてください。この一言を、患者さんは待ち望んでおられます。私の周りには、ガンを完治した人達とその家族、そして私達のガン完治を何よりも喜び、その真実を受け止め、人に伝えようと各地で講演会を開催してくれる人達がいます。皆の願いはただ一つ、「ガン完治」です。どうしても助かってほしいのです。ガンは治せます。治る病気で、かけがえのないたった一つの生命を落としてほしくありません。

「生きたい。死にたくない」と叫び続け、助けを求めているガン患者の方々が、どれくらいいらっしゃるのでしょう。私も、生きることを切望していたガン患者でした。ガンの宣告は、本当に辛く悲しく重いものでした。家族にも、それはそれは大変な思いをさせてしまいました。でも、私にはガン患者としての苦しみが必要であったと思います。苦しみを乗り越えて得た宝物は、私だけのものでも、私の家族だけのものでもない。人のために活かしてこそ価値のあるものと思います。私の体験をお伝えして、ガン患者の方が幸せを取り戻された喜ぶ姿を拝見したときに、私のガン患者としての苦しみが、喜びに変わりました。ガンになったことによって、この宮との縁が頂けました。一番恐ろしく、一番避けたかったガンがなくては、今の幸せはあり得ません。有難うございました。合掌。

この縁に感謝して

土井　和子

私は中学二年のときに九州長崎から母の実家に養女として来ました。祖父母とはいえ、両親と離れた寂しさは言葉では言い表すことはできません。遠くを走る電車を見ては帰りたくて泣いていました。父母と一緒に暮らせる妹達をどんなに羨ましく思ったかしれませんでした。十七歳で祖父母が決めた初めの主人と結婚。私の意志は関係ありませんでした。当初、新宅の次男の人との結婚話が出ていましたが、その人は若くして急死されたため、この話はなくなりました。十八歳で長女を出産。子供が子供を……、そんな感じでした。主人はおとなしい人で馬鹿がつくくらいのお人よしでした。祖父という人は大変お金に細かい人で、孫の私が修学旅行に行くお金を出し渋りました。さらには人に食べさせることまで惜しみました。主人を働き手としか見ておらず、主人には辛く当たり、側で見ていて可哀想でした。でも、私が口出しすることは許されませんでした。祖父が家を牛耳っている中で、主人は自分の居場所が見つけられなかったように思います。

まだ、若かった私は主人の心を思いやることができませんでした。主人は、だんだん仕事に行かなくなっていきました。仕事に出るには出るのですが、映画館などで一日時間をつぶすことが多くなっていきました。また、給料を持って帰ってくることはほとんどなく、おだてられて人におごってしまいお酒に消えていきました。長女が産まれた翌年に祖父が亡くなり、二年後に次女が産まれても主人は相変わらずでした。私は祖母に子供達のことを頼んで働きに出ました。けれど到底生活していくには足らず、人にお金を借りては生活費に充てていました。私はお金の有り難みがわかっていませんでした。生活はドン底で、十円のお金にも困ったときもあり、惨めな生活でした。人から見下げられ悔し涙を流し、言いようのない怒りに身を震わせたことも何度あったかわかりません。「なぜ自分だけがこんな惨めな思いをしなくてはいけないのか」と豊かな生活をしている妹達（私にはそう見えた）が恨めしくさえありました。そして、それは父母にも向けられていきました。なぜ、私を養女に出したのかと憎しみが湧いてきました。何もかもが腹立たしく思えました。

ところが家のことをしてくれていた祖母が倒れ寝たきりの痴呆になってしまいました。祖母の看護に手を取られ、私は身動きがとれなくなってしまいました。このままでは生活していくことができないと困り果て、考えに考えた末、主人に相談することもなく、私は九州にいる実父母に和歌山に出てきてくれるよう頼みました。父母は養女に出した私が難儀しているのが可哀想と思ってくれたのでしょう。家を処分してこちらに出て来てくれました。途方にくれていたときだけに本当に嬉しかったのです。このとき、私は自分のことばかりで、私の実父母を呼んだことで主人がどんなに傷つくかということに気がつきませんでした。また、自分の姉妹にも迷惑をかけることになろうとは思いもしませんでした。また、父母は私達の生活を見て、あまりのひどさに吃驚したようでした。また、あちこちにある借金にも呆れたようでした。家を処分して持ってきたお金がほとんどその返済に消えていきました。父母はどんな思いだったろうかと、今思うと申し訳なさで一杯になります。このときの恩は決して忘れてはいません。父母が来てくれて、わが家の生活は豊かになりました。父が働きに出て家計を助けてくれ、あの惨めな生活が嘘のようでした。母が子供達のことからすべて家のことをしてくれ、私は外に出て働く、それのみに専念できるようになりました。その陰で主人がどんな悔しい思いをしているかなど、知る由もありませんでした。主人をないがしろにしていることなどまったく気付いていませんでした。主人はお酒を飲んで家族に暴力を奮うようになりました。それは私だけではなく子供にまで及び、さらには父母にまで酒に酔っては無理難題を言って困らせました。私は仕事にも行かずに飲んだくれている主人が腹立たしくて仕方ありませんでした。今思うと、持って行き場のない思い（孤独）に主人はお酒を飲まずにはいられなかったのだと思います。

そして、突然の主人の死、何の言葉も残さずに逝ってしまいました。あまりのことに心が動揺して言葉もありませんでした。まだ親の死が理解できずにいる子供達が哀れでした。父母に支えられて助けられて二年が過ぎ、私は同じ職場で知り合った人と再婚しました。その人は養子に入ってくれました。長女が中学二年、下が小学六年と難しい年頃でした。夫は病気がちで仕事をよく休み、家の仕事（農業）もほとんど手伝うことはありませんでした。人懐っこい下の子は新しい父親にすぐに懐きましたが、長女は懐こうとはしませんでした。また、仕事を休みがちな夫をよく思わない両親のことも私の悩みでした。昭和五十二年、旅行から喜んで帰ってきた母がその夜にあっけなく急死。家の中のことをすべて任せ、甘えていた私は大きな支えを失ってしまいました。母に寄りかかっていた私には、これから先が不安で一杯でした。泣きじゃくる妹達を励ましているものの、ショックを一番受けていたのは誰でもないこの私でした。長女という責任だけで自分を支えていました。父は母を失った寂しさに畳を叩いて泣いていました。六十二歳、あまりに若く突然の死でした。仕事と家のこと、それからは母の有難みを嫌というほど思い知らされ、わがまま一杯をしてきたことが申し訳なくて母に詫びる毎日が続きました。

やがて、長女が結婚、続いて次女も。貧しさゆえに見下げられた、その悔しさは時が過ぎても消し去ることはできず、その人達を見返してやるんだという思いもあって娘達には精一杯のことをしてやりました。それを見て驚いている人達を見て私は満足でした。今思うと恥ずかしいことですが……。二人の娘を片付けた、その頃から身体の調子が悪くなってきました。会社に行っても人に当たったり膨れたりして周りの人達に迷惑をかけていました。日が過ぎるほど、だんだんひどくなっていきました。病院へ通ったり薬を飲んだり、また、いろんな宗教も一生懸命やりましたが、一向に良くならず身体は悪くなるばかりでした。このまま死ぬかもしれないと後に残る娘達のことを思い心を痛めていました。自分がいなくなったときのことを思うと、いてもたってもいられませんでした。その頃、長女がこの宮様との御縁を頂いていて私に行くよう勧めてくれました。けれどすぐには素直にはなれませんでした。「騙されたと思って行って」と言ってくれましたので、それならと連れて行ってもらいました。

場主様とお会いした時に「奥さん、よう生きてたね」とおっしゃってくださった言葉を今も忘れることはできません。場主様とは初めてお会いしたのにとても暖かく優しさを感じました。場主様の前に座るだけで身体がスーと楽になっていくのが不思議でした。これで助かったと思うと込み上げてくる喜びに声を上げて泣きました。すぐに研修に入らせて頂きました。初めのうちは身体がしんどくて辛かったのですが、日にちが過ぎるほど、だんだん楽になって行きました。場主様の御法話は皆自分に言われているようでした。父母を憎み、主人を憎み、運命さえも恨めしく、何もかもが腹立たしかった。けれど、すべては人を憎む自分の間違った心が、私を不幸にしていたことを知り大反省をしました。あるとき、お百度を踏んでいたとき、後ろから場主様がおいでになって、「奥さん、もうすっかり元気になりましたね」と言って頂きました。本当に心から嬉しく、涙があふれて止まりませんでした。この宮様と御縁を頂いて良かったと、ここに連れてきてくださった先祖様に感謝しました。病気で死ぬことばかりを思っていたのがまるで嘘のように私は元気になりました。生命を助けていただいた喜びは何物にも代えがたく、一生かけてお返ししていくことを心に決め、この宮様とともに生かせて頂きたいと思いました。

　ところが、長女の上に大きな事件が起こりました。不妊で悩んでいた長女は、嫁ぎ先の姑の言葉と主人の言葉に傷ついていました。苦労知らずの娘には、このことは大きなショックだったと思います。どんなに不肖の子供であっても、苦しむ姿を見ることほど辛いものはありません。娘は研修に入り宮様に助けていただきました。この宮様がなかったら娘はどうなっていたかと思うと恐ろしくなります。親なのにオロオロするばかりで、どうすることもできなかった自分が情けなかったです。娘は研修が終わって後、宮で奉仕させて頂くと言いましたが、私は娘の思い通りにさせてやろうと思いました。親馬鹿と言われても仕方ありません。宮様で生活させていただいて、場主様、奥様、永岡さんをはじめ多くの人達に見守られ、娘はいろいろなことを教えて頂きました。だんだんに成長していくその姿に、親でありながらしつけられなかったことが恥ずかしく、そして有難く、宮様に心から感謝しました。また、主人から見放され傷つき苦しむ娘の姿は、亡き夫の苦しむ姿であったことに気がつきました。私は妻でありながら主人の痛みをいたわることをしませんでした。夫はどんなに寂しく辛い思いをしたか、娘を見て思い知らされました。

お金を大事にせず、お金に苦労していた次女は私の姿でした。借りたお金を自分で返さず親に返してもらったそのツケは、その後の私の人生に形を変えて大きな苦しみを与えました。次女も間一髪のところを宮様で助けて頂いて自分で返して行くという当たりまえのことを今、夫婦で力を合わせ苦労しながら学んでいます。これはきっと、この夫婦にとって大きな実りになると私は信じています。私の間違った多くの心のために、本当にたくさんの人を苦しめてしまいました。特に、主人をはじめ子供達には申し訳ないことをしたと心から反省しています。

平成元年、二度目の夫が脳溢血で倒れ二か月入院の後、意識を戻すことなく逝ってしまいました。夫はこの宮様との御縁を頂いていましたが、素直になれず正しく受け止めることをせずに自分の思うままの生活を続けた末のことでした。この少し前くらいから長女も心を開きはじめ、二人の関係も良い方向に向いていました。一人ならずも二人までも夫に先立たれる自分の業の深さを思わずにはいられませんでした。また、私は言葉づかいが荒く、人に多くの誤解を与えてきました。宮さまのことも私のせいで正しく伝わらずご迷惑をおかけしました。優しい言葉は人に安らぎを与えるのに、私は人に石をぶつけるような言葉しか使っていませんでした。この言葉のせいで、周りの人をどれだけ傷つけてきたことでしょう。申し訳なさでいっぱいです。もっと言葉を大切に、優しい暖かい言葉を発していかないといけないと思っています。

私の家の近くには国分寺があります。今から七百年前に疫病が流行り人心が乱れたときに、国策として人々の信仰の対象として建てられたと聞いています。きっと多くの人達が救われたことでしょう。かつては広い寺領を有していたらしいのですが、次第に見る陰もなくさびれてしまっていました。そこは現在、公園計画が進められています。国分寺と深いつながりのある人々が、その近くに集まっていることを、この宮様とご縁を頂いてから気付かされました。我が家の不幸、そして私の上に起こった数々の苦い体験は信仰の尊い場所を汚したことに対する神罰であり、国分寺建立にご苦労された先祖の遺徳をないがしろにしたことへの先祖の怒りでもあったように思います。神罰とはこんなにも恐ろしく、解くには長い時間を要するのだということを自分自身の体験から思います。御縁を頂いて十数年が過ぎようとしています。なぜ私の所はこんなにも時間がかかるのだろうかと思っていましたが、そうではありませんでした。どんな不治難病であってもガンでさえも十日で片がつくこの宮だからこそ、私の恐ろしい因縁は解けたのであって、きっと他では駄目だったと思います。国分寺の中に祭られていた仏像は以前盗難にあって、どこにあるのかいまだわからないと聞いています。ぼんやりしていて、かけがえのない先祖の遺徳を大切にしなかったことを本当に申し訳なく思っています。一日も早く元に戻ることを心から願っています。

この宮様より西にきれいな橋があります。当初の予定を大きく上回り二年もかかって、この近辺にはない立派な橋が完成し、その周辺も見違えるほどきれいに整備されました。その橋に国分寺の写真が飾られているのですが、そこを通るたびに、なぜこんな所に国分寺の写真があるのかと不思議に思っていました。その意味がようやくわかってきました。多くの人々の幸せを願って国分寺を建てた先祖様の心は今、この宮様にあることを私に教えていたのだと思えてなりません。私のこれまでの苦しい思いは、役割を果たせないでいる、国分寺を建てた先祖様の思いでもあったように思います。

今、私は九十二歳になる父と二人で暮らしています。父も宮様の御縁を喜び、元気に生活させてもらっています。昔のことを思うと穏やかな毎日でとても幸せです。ただ、長女が今までの経験を生かして一日も早く幸せな結婚をしてくれることが願いです。人よりは随分と遅れてしまいましたが、私のように早く結婚しても死に別れてしまうということもあります。ですから遅くても幸せになって、今までの分を取り戻せばいいと思っています。この宮様がなかったら私は、そして私の家はどうなっていたかわかりません。今の幸せを一人でも多くの人にお伝えして、皆さんに幸せになって頂きたいと願っています。それが国分寺をお建てくださった先祖様の願いであると信じています。そして何も取り柄のない私ではありますが、宮様で助けて頂いた御恩を少しでもお返ししたいと思っています。有難うございました。

（追記）土井和子さんのお父上は、平成十三年二月に老衰でお亡くなりになりました。

恵まれし結婚「結び」

土井　津多子

私は昭和五十九年に初めて、この宮様と御縁を頂きました。当時、私は結婚して四年、いまだ子供に恵まれず悩んでいました。医学的には私に原因があるということでした。不妊専門の病院へも行きましたが、惨めな思いが募るばかりでした。不妊の治療は辛く、同じ女に生まれながら、なぜ自分はこんな思いをしなければいけないのだろうか……。こんな思いまでして子供はいらないとまで思うようになりました。そして、ついには病院へ行くのを止めてしまいました。そんなときにこの宮で重い糖尿病を救われた仲人の紹介で、この宮を知ることになりました。それは私の生まれ故郷の打田町にありました。初めて訪れたときの印象は、今も心に残っています。そこにいた人々（今思うと研修生だと思う）がとても明るく声をかけてくれたこと。場主様がこぼれんばかりの優しい笑顔で、「よう、おいで下さいました」と暖かく迎えてくださったことです。私達夫婦は初め、研修に入ることを躊躇していました。だまされているのではないだろうか？　そう思ったりしました。けれど「私達のことを親身になって心配してくれている仲人の方のお心に応えないと申し訳ないのではないか」という結論を出しました。そして、昭和五十九年十二月一日より夫婦で研修に入らせて頂きました。

研修について何も聞かされていなかったのですが、先に入られている人の後ろをついて行くようにしていきました。朝五時半に起きての規則正しい生活は怠けた生活を続けてきた私にとっては辛いものであるはずなのに不思議と辛かったという記憶がありません。教えられるままに生活を続けて行くと、いろいろな反省が浮かんできました。嫁ぎ先の両親、実家の両親、夫、兄弟、友人、周囲の人達、私はたくさんの人達を傷つけていました。感謝のない生活をしてきたことに気付きました。自分に自信が持てずオドオドと生きてきた私は、この宮様から少しの自信と勇気を与えられ帰ってきました。研修を終了して後、私は、この宮に大変、心惹かれました。来たくて来たくて仕方ありませんでした。理由はわかりませんでした。それは、本能的なものに似ていました。毎月第一日曜日にある千巻心経、山姥祭典（毎年五月五日に行われている）に積極的に参加、また、広報の仕事をさせて頂いたり（今思うと恥ずかしいことですが）していました。

一年が過ぎても私達は子供に恵まれませんでした。あるとき、一緒に来山していた姑に場主様は「一即多」の話をしてくださいましたが、姑はそのときは静かに聞いてくれていました。私は密かに良かったと思っていました。前からもっと皆で頑張ってほしいと願っていたからです。今なら人に求めるのではなく、まず自らを顧みることだと解るのですが……。自分一人が頑張っていると思っていたのです。翌日、姑は私に電話をかけてきました。姑は場主様に言われたことを〝責められた〟と受け止めているようでした。姑の言葉は私には耐え難く声を上げて泣きました。心が痛かった。仕事から戻った主人にすがるように話をしました。私の話を聞いて主人は実家へと出向いていきました。主人だけは私の痛みをわかってくれると信じていました。「辛かったね」とそう言ってくれるだけで良かったのです。けれど、実家から戻ってきた主人が言った言葉は私をさらに打ちのめしました。すがりついた手をむげに払われたように思いました。私は頭の中が真っ白になって、どうしていいのかわからなくなってしまいました。この家には私の居場所はない。そう感じていました。足元が音を発てて崩れていくようでした。

　次の日、私は宮に向かっていました。私は辛くて悲しくて仕方ありませんでした。場主様、奥様は我がことのように涙を流して聞いてくださり、私に心寄せてくださいました。私は救われたような気がしました。その日の夜、私は研修に入ることを決め主人に話しましたが、主人は止めることをしませんでした。昭和六十一年三月三日、この日から私の新しい生活が始まりました。私は十七日間、研修を受けさせて頂きました。このときの研修では一回目よりは深い反省をさせて頂きましたが、姑や主人に対する憎しみの心は完全には消し去ることはできませんでした。研修を終えた後も自分の居場所を見失い、夫や義父母にいまだ不信感を抱いていた私は、家に帰ることがためらわれ、そのままこの宮で奉仕させて頂くことにしました。「世の中にはもっと辛い思いに耐えている人もたくさんいるのに、こんなことくらいで」と、今ならわがままなことと思うのですが、このときは自分のことを可哀想に思っていました。

　私は来山される研修生のお世話をさせて頂くことになりました。いろいろな病気や不幸で苦しむ人達が、それはそれはたくさんおいでになり、場主様や奥様は私のときにそうであったように、どの人に対しても我がことのように一緒になって悩み苦しみ、その人達が幸せになられるよう懸命に尽くされていました。そして、それは日曜、祭日、正月も盆もなく続いていました。私はそんな生活の中で研修生の方々の姿を間近に見せて頂き、自分を反省し改めの毎日でした。そんな私に場主様は（私は場主様と出かける機会が他の人よりは多くありました）、主人とやり直せるか、と度々お聴きになりました。初めは「絶対にあり得ません」と、私は怒ったように答えました。「場主様は、なぜこんなことをお聴きになるのだろうか」と腹立たしくさえ思っていました。あるとき、私より先に奉仕に入られていた永岡さんにこのことを話すと、「場主様は、あなたの浄化の度合いをご覧になっているのだと思う」と教えてくれました。そうだったのかと思い出すと、同じことを尋ねられているのに私の答えはその度毎に違っていました。そして最後、「主人が『いいよ』と言ってくれたなら」と答えていました。

「あなたのような妙な人と出会ったばかりに相手の人は不幸になったんだ」

あるとき、場主様からそう言われた私は納得いきませんでした。傷ついたのは自分の方だと思っていた私は、相手を傷つけているなどとは思いもしていませんでした。けれど、ここでの生活を続ける中でだんだん場主様のおっしゃることが、そうだと思えてきました。私ではなく他の人であったならば、もっと心優しく素直な人であったならば、こんなことにはなっていなかったかも知れないと思いました。ここでの生活が二年近く過ぎ、この間、場主様は「いったん結婚したら絶対別れてはいけない」とおっしゃり、仲人の人に会いに行ってくださったり、あらゆる手だてを尽くしてくださっていました。しかし、昭和六十二年暮れに離婚が成立しました。

こんな紙切れ一枚で人の人生は変わってしまうのか、といいようのない思いがわき上がってきました。私のために、と心を尽くしてくれた母の思いを裏切ってしまいました。私達のために集まってくださり、祝福を送ってくださった多くの人々の期待を裏切ってしまいました。そして、何よりも生涯ともに生きるとその前で誓った神様を裏切ってしまったのです。何の弁解の言葉もなく、ただ申し訳ないとお詫びするよりほかにありませんでした。私は自分が窮地に陥ったとき、信じる夫から、また家族と思っていた人達から手を差しのべてはもらえませんでした。それは「手を差しのべない人が悪いんだ」と思い、裏切られたと思っていました。けれど、そうではありませんでした。私は夫に尽くすことをしていませんでした。そして、家族の為に尽くしてはいませんでした。自分本位の生活を続け家族を苦しめていたのです。きっと、手を差し伸べたくても、私を見ると差しのべたくなくなったに違いないのです。家族にさえ見放された私をこの宮様は暖かく迎えてくださり見守り続けてくださったのです。

私は今もこの宮様で研修生の人々のお世話をさせて頂いています。あのとき、私が窮地に陥ったとき、この宮様が手を差し伸べてくださったから、今私はこうしてあります。本当の夫婦の結びができていたならば、私達夫婦は姑の言葉くらいで駄目にはならなかったと思います。私達は一緒に生活しながら心はバラバラでした。というよりは私が心を合わさなかったのです。後になって思うと、夫婦というよりは同居人のようでした。この宮をお建てになるまでの、そして、ここにおいでになってからの場主様、奥様の本当に苦しく長い歳月、互いにいたわり合うように、かばい合うように、支え合い生きてこられたそのお姿に、夫婦とは本当に素晴らしいものと教えて頂きました。そして夫婦の結びはどんな大きな力を持つかを、訪れる人々の姿に教えて頂きました。新しい生命を生み出す素晴らしい力を持つ夫婦のきずな。夫が妻のために、妻が夫のために生命をかけたならば、どんな不治難病も救われていきました。嬉しいときよりも悲しいとき苦しいときにともにあり、ともに苦しむ。そんな夫婦に私はなりたいと思いました。

結婚とは互いの使命を果たすために出会い、そして、結ばれることと、この宮で教えて頂きました。私は真剣に結婚というものを考えてはいませんでした。条件を比べ適齢期という周囲の声に惑わされて結婚したように思います。本当の恵まれた結婚とは自分自身を磨くことによってのみ与えられるものであり、そして、それにはこの宮の研修のほかないと思います。当たり前のことを知るのに人の何倍もの時間がかかってしまいました。けれど、私には必要な時間であったと思います。まず、自らが真の結びを果たし、恥ずかしい未熟な体験を生かし、これから結婚される若い人々の幸せのために尽くしていきたいと思っています。今日まで私をお支えくださった場主様、奥様をはじめ多くの方々のお心に、また家族の心に応えたいと思っています。そして、無駄とも思える日々を埋めていきたいと思います。

無償の愛

小林　宏

妻の肺ガンが、その後の私の人生にとってどれだけ大きな節目であったかということを、振り返ってみたいと思います。

昭和三十一年四月に誕生しました私は、両親の元で何不自由なく育ててもらいました。父親はサラリーマンで、今思うと本当にまじめ一筋な父親でした。母親もパートなどに出て家計を助けていました。決して裕福ではありませんでしたが、私自身は苦労知らずで、大学まで出してもらいました。しかも一浪一留年ということで二年遅れの卒業でした。二十六歳のときに知人の紹介で妻と知り合いました。そして二年ほど付き合った頃からお互いに結婚を意識し始め、妻の両親からの反対などもありましたが、私が二十九歳、妻が二十六歳のときに結婚しました。そして翌々年に長男が、その三年後には次男が誕生しました。幸せな頃でした。

それから六年後の平成七年十月に、不幸はやってまいりました。妻が毎年一回行っていました健康診断で右肺の異変が発覚したのです。何か影があるということでした。悪い予感が頭の中をよぎったのですが、まさか妻がガンに冒されているなどとは夢にも思っていませんでした。しかし現実にガンを告知されたのです。今こんなに元気な妻がガンに冒されている……。頭の中でいくら打ち消しても、髪の毛の抜け落ちた、やせ衰えた妻の姿や、葬式で息子達と泣きながら妻を送っている姿が、何度も何度も浮かびました。

「あかん、そんなこと考えとったら本当にそうなる。絶対に助かるんや。いや、絶対に助かってくれ！」

毎日希望と絶望が浮かんでは消えました。年齢も若いため、とにかく一日も早く取ってしまいたいという気持ちしかありませんでした。

苦しい検査の後、ガンを宣告された病院では、手術までの待ち日数があったため、他の病院に移って十二月十九日、手術は行われました。

「絶対大丈夫。心配するな。全部きれいに取れるから」

手術前の妻の手を取り、私はその言葉を繰り返しました。妻はうつろな目で応えていました。麻酔がかかり手術室へ運ばれていく妻の姿に、〝どうか成功しますように〟と手を合わせました。妻の両親も眠っている娘の姿を見て、どんなに苦しかっただろうと思います。約五時間に及ぶ手術は一応無事に終わりましたが、切除された妻の肺に巣食っていたガンを目の当たりにした時には、憎しみと悲しみが交錯し涙が出ました。大手術を終え眠りから覚めた妻に「全部取れた。もう安心や」と話しながら、すでに今日から始まる再発への恐怖と不安が頭をもたげました。その後は有効と思われる手段はできるだけ取り入れて、丸山ワクチン、ＡＨＣＣ、プロポリスなどを試していました。「とにかく五年間再発しなければ」と祈る思いで、妻は月に一度の検診に出かけて行きました。

そのようにして一年半ほど経った平成九年五月、妻は再発を告げられました。両肺に細かい腫瘍がバラバラと見受けられるということでした。会社にかかってきた妻からの電話を受け、私の身体は凍りつきました。ついに一番恐れていたことがきた。「あんなにいろいろなことをやってきたのに、神も仏もないもんか」と。しかし一番辛いのは妻だと、心を引き締めすぐに病院へ駆けつけました。病院の外来のフロアーにぽつんと立っていた妻。憔悴しきったその顔を見たとき、何をどう言ってやればよいのかわからず、「お父さん、私もう、ええやろ……」と言う妻に、私はうわ言のように「大丈夫や。心配するな。まだまだ方法はあるから……」といって、抱きしめてやるしかありませんでした。しかし頭の中は絶望でいっぱいでした。医師からは「もう手術は無理です。放射線も奥様のガンの場合は有効ではありません。残された治療は抗ガン剤しかありません」とのことでした。抗ガン剤の怖さは本などで読んで知っていましたし、有効性もある程度は理解していました。「先生、抗ガン剤の有効率はどの程度ですか？」と聞くと三十から四十パーセントとのこと。健康な細胞を殺しても、その有効率に賭けてみるのか。どうしよう。「有効」とは、どう言うことなのか。助かることなのか、多少の延命なのか。本当に悩みました。

しかし、どう考えても抗ガン剤で助かるとは思えず、妻とも十分に話し合った結果、引き続き免疫療法に賭けてみることにしました。今までにやってきたものに加え、ビワの葉療法、サメ軟骨、ＢＲＰ療法等……。特にＢＲＰ療法では横浜まで妻と二人で出かけて行きました。寝る前は、毎日妻の身体にビワの葉のお灸をしました。とにかく、わらにもすがる思いの日々でした。そんな頃、たまたま『千里タイムス』という地域新聞に出ていた「ガン患者を救う集い」という短い記事が私の目に飛び込んできたのです。そこには「ガンを完治した人から自らの体験談を聞かせてもらえる」と書いてありました。〝ガンが完治する〟とは一体どういうことなのか。私にとってそれは「奇跡」でした。自分たちが今、一生懸命免疫療法に取り組んでいるにもかかわらず、私にとって妻のガン完治は奇跡でしかありませんでした。とはいえ、すっかりふさぎこんでいた妻に少しでも希望の光が見えればいいと、「一度行ってみたら？」と勧めてみました。私も強く勧めたわけではなかったので、妻がどうするのか特に気に留めていませんでした。

ところが翌日会社から帰宅すると、妻が、「今日電話してみた」と言うのです。そして、すぐに自宅にまで話しにきてくださるというのです。私は、なんと親切な人もいるもんだと思いましたが、その人のことは、しょせん他人事でした。そのときの私の中には、ガン完治という奇跡を心から望む気持ちと、そんなことは奇跡なのだというあきらめの気持ちが同時にありました。妻には、「とにかく一度話を聞くのは悪くないから」と賛成しました。その後の妻の話によると、女性の方が来られて、「自分もガンであったが今は完治している。ガンになったことには必ず原因がある。その原因を改めるとガンは治る。そのために研修道場があり、そこで般若心経を写経すると心が素直になり、思い出した過去の自分を心の底から反省することで必ず治る。十日間の研修により自分で治す所である」というお話をされて帰られたとの事でした。

まず私の頭に浮かんだのは、変な宗教ではないかということでした。その頃世間を騒がせていた事件などで、世間一般と同じく私自身もそういうものに敏感になっていました。それに〝原因を改めるとガンが治る〟ということが、どうしても理解できませんでした。それが、医学的にいう免疫を高めるということであれば理解できるのですが、それもしょせんは〝奇跡〟であり、妻の会った女性もたまたま奇跡を起こした一人であると私は考えていました。しかし奇跡でも何でも、とにかく妻に助かってほしいことには変わりなく、できることは何でもしたいという気持ちはありました。その思いは妻も同じであったため、一度その道場に行ってみようということになりました。変な宗教でないことを祈りながら、その女性がお持ちくださった研修道場のパンフレットを何度も読み返してその夜は寝ました。翌日妻からその方へ、一度行かせて頂くことを連絡し、六月一日の三時に行くことになりました。

車で一時間半ほどかけて私達は和歌山にあるその道場に着きました。急な坂を上ると大きな池がありました。周りは緑一色で輝いており、それまでの「怪しいところかもしれない」という気持ちがスーッと楽になりました。そしてすれ違う人達が「こんにちは」と次々に声をかけてくださり、気持ちはますます落ち着きました。建物は想像よりは質素な構えでしたが、環境は申し分のないところでした。しかし幼少の頃から何不自由なく育ててもらい、虫一匹にも大騒ぎする都会育ちの妻が、こんな自然環境の中で十日間も耐えることができるとは思えませんでした。手術で肺を切っている妻は、坂道と石段がきつかったのか肩で大きく息をしていました。ここの道場主であられる稲垣先生の部屋へ案内されました。「小林でございます」と挨拶すると場主様は、「遠いところよう来てくださいましたなぁ」と言ってくださいました。奥さんも辛い思いをされましたなぁ」と言ってくださいました。ニコニコと笑っておられるお顔は、どこにでもいる普通のおじいさんという印象でした。私から場主様に、これまでの経緯をお話しし、不安でやりきれない毎日を送っているとお伝えしました。場主様は「ガン細胞は健康細胞の裏に潜んでいるもので、皆が持っているものである」とおっしゃり、最後に「ご主人、この道場に来れてよかったですね。もう奥さん治りましたわ」と言ってくださいました。キツネにでもつままれたような気持ちでしたが、なぜか、「治りましたわ」という言葉が心の底に響いて涙が出るほど嬉しかったことを覚えています。それまでの不安な気持は影を潜め、なぜかここで治るような気がしました。そして妻は六月十八日から二十八日までの研修に参加させて頂きました。

私は期待と不安が入り混じった気持ちで待ちました。息子達の面倒は私の実家、妻の実家、姉、そして妻の友達にもお世話をかけました。本当に世話になりました。幼い息子達もよく我慢して頑張ってくれました。そして待ちに待った十日目に、私は妻を迎えに行きました。久しぶりに見る妻の顔は生気に溢れていました。そして活力に満ちた言葉で「私、ガンになった原因がわかってん。ガンが治ることとわかってん」と話し、さらに「私、もう少しで治るから後十日間研修に入らせてほしい」というではありませんか。私は、また十日間研修に行かせる不安よりも、妻のあまりの変わりように驚き、その活力を見てためらいなく了解しました。妻の言っていることは良く理解できないけど、笑顔の妻がそこにいる。それだけでいいと思いました。妻は引き続き十日間の研修に入らせて頂きました。祈る気持ちで十日目に迎えに行きましたが、そのときの妻は何かに悩んでいるようでした。前回の研修を終えたときのような活力は見られませんでした。しかし、とにかく妻は二十日間の研修で、親から頂いた肉体や生命の尊さ、そして病気や不幸には必ず原因があるということを知り、自分自身を省みてガンになった原因を自分なりにつかんで帰ってきました。

妻は一生懸命そのことを話してくれました。「不幸の原因はすべて自分にあります。また、私の不幸はあなたの不幸だし、小林家の不幸でもあります」

初めて耳にする内容でしたが、不思議に納得させられる話でした。妻が以前と変わったことは紛れもない事実でした。まず、私に対する接し方が変わりました。何かにつけて私を立てるようになりました。そして何よりも私の両親に対して、実の娘のごとくあれこれ気を使ってくれるようになりました。そのことは両親が一番感じていると思います。妻の実家の両親に対しても優しくなりました。手術を終えて皆が心待ちにしていた退院の日、実家へ着いてシャワーを浴びるなり「湯が冷たい！」とお母さんに当たり散らしていた姿はもうどこにもありません。「ガンになって本当に辛かったのは、自分ではなく両親だった。自分の前では絶対に涙を見せなかった両親の気持ちが痛いほどわかりました」と妻は言いました。「そんなに変われるものか？」と思うほど、優しく女らしくなり、ガンになった原因も治し方もわかったと言っていた妻でしたが、日を追うごとに、初めての研修を終えたときのような生き生きとした活力は、影を潜めていきました。そしてまた自分の中にある、「私、本当に治っているんだろうか……」という疑いの心にどんどんはまっていきました。

私は不安と焦りから、何度となく妻を勇気づける言葉をかけましたが、取り付く島がなくなると、ときには「二十日間も何を研修してきたのか」というような罵声を浴びせてしまったこともありました。実は、妻が二回目の研修中に私は一度、道場主の場主様に呼ばれたことがありました。「奥さんはもう治っているのに、自分で病気の念を呼び戻している。自分は治ったと信じきることができないのです。後は家族の絆しかありません。夫婦の絆です。ご主人、次の研修に入って頂けますか」

場主様の言葉に私は即答できませんでした。

「奥さんのために命を捨てることのできる人は誰ですか」

自分しかありません。しかし、そのときの私の頭に浮かんだのは、十日間も会社を休むわけにいかないということだけでした。場主様に、「今すぐは無理だけど必ず時期を見て研修に入らせて頂きます」と言うと場主様は、「奥さんのためにすぐ研修に入ってくれる人はいらっしゃいませんか……」と寂しそうにおっしゃいました。思案する私に重ねて場主様は「小林家の問題ですから奥さんの実家より、まず小林家のどなたかに入って頂く必要があります」と続けられました。その話を聞いて、見るに見かねた私の母が次の研修に入ってくれました。

そして、その次には私が入る予定でしたが、会社の上司から「この不景気の中、十日間も言語道断。若い者に示しがつかない」と一喝されました。さらに、「事情は察するが、どうしても休むなら辞表も出してくれ」と言われ、途方に暮れたときに、妻の父親が何のためらいもなく十日間研修に入ってくれました。母親も義父も、本当に一生懸命頑張ってくれました。しかし妻の状態は依然として良くなりませんでした。妻が私に研修に入って欲しいと望んでいるのは、痛いほどわかりました。しかしそれを私に強く言うことはわがままであり、それよりも夫に頼らず自分がしっかりしないといけないと思っているようでした。その葛藤で本当に辛そうでした。私も一度上司に断られているだけに、再度休みを申請することが煩わしくなっており、日々の多忙さにまかせてそのことから逃げていました。そんな状況に耐えられず、妻は道場に助けを求めて三日間の研修に入りました。しかし妻は何のために研修へ行くのか。それさえわからず、ただ苦し紛れに誰かに助けて欲しいという気持ちしかなかったのだと思います。そんな気持ちでは研修もうまく行かず、妻は場主様に叱られ道場を後にしました。

私はそのときも妻を迎えに行ったのですが、妻の顔は憔悴しきっており、また、何か吹っ切れた様子も見えました。「ああ、こいつはもう道場で治すことをあきらめかけているな」と私は直感しました。不幸な出来事には、必ず原因があり、その原因はすべて自分ある。そしてそれは、自分の力で克服できるという真実を知った。それゆえに、そうならない自分に苦しみ、もうあきらめて楽な方へ行こうとしている。そんな妻の姿を見ました。そのとき、妻を助けてやれるのは自分しかいないことが、初めてわかったような気がします。「もう二度と道場に行けないなんて思ったらあかん。今度は必ず俺が研修に入るからな」と妻に言いました。以前場主様がおっしゃった「奥さんのために命を捨てることができる人に研修に入ってもらってください」という言葉を思い出しました。

「俺しかいない」そう思うと、仕事の事など小さなことになっていました。「仕事なんて妻の命と比べるもんじゃない」と。そして次の日、上司に「十月三日から十日間休ませてください。覚悟はできています」と伝えました。もう上司も何も言いませんでした。不思議なことに、それまでごたごたしていた仕事も、その後は順調に進みました。後でわかったことですが、私が休んだ十日間は特に大きな問題もなく迷惑をかけることもなかったようでした。

研修に入ることが決まってから、妻の顔に光が射しました。何もかも忘れて妻だけのために十日間を過ごそうと決めて、私は十月三日の朝を迎えました。「行ってきます」「よろしくお願いします」と、お互いに言葉を交わしました。しかし妻のためにと思っていたこの十日間は、すべて自分のためにあったということが後でわかったのです。この道場の研修は、般若心経の写経と自分自身の反省が大きな柱です。そして朝夕の場主様のお話、私の心は三日目を過ぎた頃から、どんどん素直になっていきました。そして自分が今まで妻に対して何をしてあげたのか、妻の心から喜ぶ顔を何回見ることができたのか、というようなことを次々と考えていると、妻と結婚する以前のことまでどんどん思い出されてきました。私は、学生時代はスポーツに明け暮れ、練習後はキタやミナミの酒場をうろつき、お金がなくなれば当たり前のように親に無心していました。親は自分が大学を出ていないので、少しでも息子に学生生活を楽しませてやろうという思いがあったと思いますが、それをいい事に私は自由気ままに遊びまわっていました。学費もすべて親に出してもらい、しかも四年で単位が取れず留年するという情けない学生生活でした。決して裕福ではない家庭で、何も考えず遊び回っていました。

社会に出てからも、学生時代の延長でますます遊びは派手になり、安月給取りの分際でクレジットカードを作り、カードが使える所へはどこへでも行きました。そして借金地獄へと落ちていきました。自分では何もできず、親に泣きつき、両親がこつこつ貯めたお金に助けてもらいました。妻と結婚してからも浪費癖は治らず、仕事の付き合いと嘘を言っては家の金を持ち出し、遊びまわっていました。結婚前、両親に二度と浪費はしないと誓い、母親からは「女房だけは泣かさないように」と言われておきながら、またしても妻に借金を背負わせる羽目になりました。結婚記念日や誕生日にもたいした物も買ってやれなかったのに、自分は外で好き放題でした。妻に嘘をつくことは平気でした。逆に、嘘をつくことが優しさであると信じていました。親の反対を押してまで私についてきてくれた妻に対しては、あまりにむごい仕打ちでした。

三日目の場主様のお話の中に、ムコさん、ヨメさんのお話しがありました。十のうち、男は六（ムコ）、女は四（ヨメ）。六と四で初めて一つになれる。六でもない（ロクデモナイ）男にヨメは来ない、というお話でした。まさに自分のことでした。「俺はなんとロクでもない男だったのか。場主様は俺のことを言っているんだ。自分がロクでもない男だったために、妻はヨメになりきれず、あんな病気になったんだ」と思いました。またこの道場では、三度の食事の前に必ず『食事の言葉』というのを唱和します。その中に「今、この食前にある一切のものは天地自然の恵みでありますが、そのすべては自らを犠牲にして私どもの命を守りしものであります」というのがあります。道場のご奉仕の方が、我々研修生のことを思い、一日も早く幸せにとの祈りを込めて作ってくださる食事。その中で自ら犠牲になって無償の愛で我々を守ってくれている食材。妻も同じように、私や子供達の健康、成長を祈り食事を作ってくれていたんだ、とそのとき思いました。そしてこんな尊いことに、何で今まで感謝できなかったのかと思いました。

道場で、朝夕決まった時間に流れる音楽があります。何とも言えない懐かしい調べです。その調べを目を閉じて聞いていると、必ず頭の中に浮かんでくる情景がありました。それはまだ何の悩みもなかった幼い頃、近所の子供達と遊んでいて、夕方母親が「御飯できたよ」と呼びにくるところから始まるのです。そして、私と弟と母親が手をつないで帰って行く姿です。「あんなに愛されていた……」その両親も歳をとりました。何の親孝行もしてやれなかった私に何一つ愚痴を言うわけでもなく、無償の愛で私達夫婦のため、孫のため、あれこれと気を遣ってくれました。妻が病気になったときは、何度となく石切神社へ行き、お百度を踏んでくれました。お水もせっせと届けてくれました。妻の両親とて同じです。釘抜き地蔵さんをはじめ、あらゆる所へ行って全快を祈ってくれました。自分が手塩にかけて育てた娘がガンに冒されている……。どんなに辛く悲しかったでしょう。しかし決して私達の前で弱音を吐いたことはなく、いつも私に「娘を助けることができるのは宏さんしかいないから、よろしくお願いします。どんなことでもするから何でも言って」と逆に励ましてくれました。すべて無償の愛でした。私は恵まれすぎていたのです。私を取り巻いているすべてのものに恵まれすぎていたため、その有難さが見えなくなっていたのです。

場主様から、「親、兄弟、周りの友人知人は皆先祖の姿である」と聞かされたとき、身体が震えました。私は先祖に守られていたんだと。どんなに情けないことをしていても、先祖様は私を見捨てることなく、妻の病気を介して、私にそれをわからせてくださったのだと思いました。妻がガンになったのは、私に対する無償の愛だったのです。今度は私が妻に無償の愛を捧げること、すなわち、妻にいつでも私の命を捧げることができ、妻の病気が治ったと信じ切ることで、私と妻は一体になれるとわかりました。研修最後の日、私は先祖様、家族全員への感謝と、天地自然への感謝の気持ちを忘れず、そして男として、一家の長として、常に背中を見せていられることを自分自身に誓い、十日間の研修を終えさせていただきました。

もう何も怖いものはありませんでした。妻がどんなに苦しんでいても、全部受け止めてやる自信がありました。自分のために妻がガンになったことがわかった以上、原因がわかった以上、今、妻が病気のことをどう思っていようと、それはもうどうでもいいことでした。私が妻のガン完治を信じ切ることができ、妻に無償の愛を捧げ続けさえすれば、自然にガンは消えるに違いありません。そのことを早く妻に言ってやりたくて仕方ありませんでした。私がガン完治を信じ切ってやれなかったことが、妻をここまで苦しめたのですから。

研修最後の日に私を迎えにきていた妻は、場主様の「奥さん、来てくれたん。良かったなあ。もう治ったよ」というお言葉に、涙で声が出ず、ただ何度もうなづくだけでした。涙で顔はグシャグシャでしたが、初めて研修を終えたときの、あの生き生きした顔が私を見ていました。「ああ、妻が元気になっている」と思いました。妻が私に、「有難うございました」と言いました。「お前はもう病院へ行くこともないし、何も悩まなくていい。もう俺、原因わかったから。全部俺がやるから」

私の言葉に、また妻は涙を流しました。場主様はじめ皆さんに祝福されて、私と妻は道場を後にしました。その時、私達のガンとの闘いは終わったような気がしました。再発以来三年以上経った今、妻は家事にそして息子達のことにと、充実した日々を送っています。あの暗い洞窟のような生活から考えると、夢のようです。

妻がガンになった、また妻をガンにした原因をお互いが知り、二度と過ちを繰り返さなければ、絶対にガンにならないことがわかった私達の生活は変わりました。そしていつの間にか、妻の心からもガンは消えていました。生き生きと日々を過ごす妻の姿を見て、あらためてガンの完治を確信するとともに、病気は心が作るものだということを思い知らされます。そしてこの幸せは、絶対私達だけのものにしてはいけないと思うのです。このことを一人でも多くの人に伝えてゆくことが、これから私達が生きていく使命だと思っています。どんなに迷い立ち止まることがあっても、真実は一つです。自分を正し、今自分に与えられている使命を、ただ黙々と果たしていきたいと思うのです。

ガンが教えてくれた『愛と感謝』

小林　裕子

私は、昭和三十四年九月、両親と八歳違いの姉との四人家族の次女として生まれました。二、三歳ごろから十年ほど小児喘息で家族に苦労をかけましたが、その他は何不自由なく大切に育てて頂きました。そして短大卒業後、就職。二十二歳のとき主人と知り合い二十六歳で結婚。二人の男の子に恵まれ平凡に過ごしていました。そして平成七年十月、三十六歳のとき、吹田市の市民検診で右肺に影があるということで引っかかり、詳しい検査のため大学病院を受診しました。そのときは、まさかその年でガンなどと思いもよらず、まだ落ち着いていました。そして再度レントゲンを撮り、担当医より、「結核か悪性のものか調べましょう」と言われ、そのとき初めて悪性という言葉に、一瞬ショックで目の前が真っ暗になり、何かがのしかかってきたようでした。その後身体を痛めつけるような辛い検査を受け、十一月二十四日両親に付き添われて結果を聞きに行ったところ、「すぐに入院してください」という医師に「悪性だったんですか……」と私。「はい……。他に転移がないかどうか検査してから治療方針を決めます」その後は淡々と検査の段取りをこなされているのを呆然と見ていました。「ガン……。この私が。嘘や、夢や」

でもどうしてもこうしても現実でした。ガンは死の病気。この世から消えるとはどんなだろう……。子供は誰が育ててくれる？　何もかも虚しく、子供が不憫で近寄り声をかけることもできなかった。私のお葬式で泣いている子供の姿ばかり浮かんできて、もう気が狂いそうでした。こんなことなら子供なんて生まなければよかったとまで思いました。生まれて初めての、恐ろしいほどの孤独でした。そしてとにかく一刻も早く悪いところを取ってしまいたい。それだけでした。

十二月十九日、手術を受けました。しかしガンというものは手術をすれば安心というものではありません。退院後も常に再発の不安は付きまとい、それを打ち消すために丸山ワクチン、ＡＨＣＣ、プロポリス、アロエ等、ガンに効くとされるものをできるだけ採り入れながらも、それに縛られ、「一体いつまでこんなこと続けなければいけないのだろう。心から安心できる日はこの先来るのだろうか。五年？　いや十年たって再発する人もいる。一生私はガンと縁は切れないのか。何も要らない。安心がほしい！」

周りの人は「病気に負けるな、精神力で打ち勝て」と励ましてくれましたが、どうすればよいのかわからず、物や神仏に頼っている方が楽でした。そして手術より一年半ほど経った平成九年五月、毎月の検診で両肺に再発が見つかりました。一番恐れていたことが起こったのです。今度は放射線も手術も無理で、残された治療は抗ガン剤だけということでした。これは完治する見込みはほとんどなく、良くて延命としか思えませんでした。血の気が引くのがわかりました。「これだけのことしてきたのに、一体どうすればいいのか……」行き場を失ってしまいました。

自分の力でも、人に頼っても、どうにもならない八方ふさがりの絶望というものを知りました。一人で帰れる状態ではなかったので、主人に迎えに来てもらいました。主人の顔を見るなり私は「もうあきらめていいやろ……」と言っていました。もう先はない。途端に死への恐怖が襲ってきました。主人も口では、「大丈夫や、まだ何か方法はある」と言ってくれましたが、私の身体を支えながら身動きがとれないのがわかりました。本当に何の光もない地獄でした。でもいくら考えても絶望するばかりで主人も私も動かずにはおれず、取りあえず抗ガン剤はお断りし、あらゆる民間療法に賭けてみようと始めました。それまでに加え、ＢＲＰ療法、サメ軟骨、ビワの葉療法、食事療法などをはじめました。しかし、これをしているから大丈夫という決め手はなく、不安な状態は続きました。

そしてその頃、地元のミニコミ紙に出ていた『ガン患者を救う集い』という小さな記事を主人が見つけ、一度話を聞いてみたらと勧めてくれました。私はどんな情報でも聞くだけは聞きたいと連絡をしました。すぐに一人の女性の方が自宅まで来てくださいました。その方ご自身もガンを治されているということでした。最初はどのようにして治るのか見当もつきませんでしたが、実際に私と同じぐらいの年齢の方がガンになっても元気にされていると知っただけでも心強く嬉しかったのです。お話によるとガンは必ず自分で治せるということでした。そのために和歌山県にある東屋御前弁財天の宮・信公養生場という研修道場の十日間の研修を受けられたということでした。研修内容は、十日間とにかく般若心経の写経をし、今の不幸の原因は自分にあると受け止め、今までの自分を振り返っていくそうです。それによって自分自身も気付いていなかったり忘れていた、間違った思いや行動が思い出され、最終的になぜガンという病気になったかがわかる。それを深く反省して改め、「これからはこう生きる」と決める。そうすると心が落ち着き、もう再発などの不安はなくなり自分で治ったことがわかるということでした。

私は、写経や反省は、治療とは程遠い言葉だと思いましたが、西洋医学をあきらめていましたのであまり抵抗なく受け入れることができたのだと思います。そんなことより、なんとしてもそのときの状況から抜け出したかったのかもしれません。そして、主人と相談し、一度その場所を見に行ってみようと次の日曜日に出かけました。その道場を守られている場主様にお会いしました。私はいろいろお話を聞く中で、「治ります」という言葉が嬉しく、それまでに心に充満していた重苦しいものが、軽くなっていくようで久しぶりに落ち着いた心になれました。そしてその場で研修に入ろうと決めました。

平成九年六月十八日より、研修に入りました。子供達には、元気になって帰るからと言って出かけましたが、道場まで送ってくれた主人が帰るときにはさすがに不安で寂しく、何とも言えない思いになりました。でもすぐに研修についていくのに必死になりました。研修生活は毎日規則正しい生活で一日の大半は本殿での写経です。最初、本殿へ上がる階段に息切れし、身体が重かったのですが、すぐに軽く感じられ、来る前は凝っていた肩も楽になっていました。そして道場のご奉仕の皆さんは、私の病気を知っておられたはずですが、一切病人扱いされることなく普通で、私はそれまでみたいにガンであることに卑屈になったり、自分を取り繕ったりする必要がなく楽でした。食事はどんな病気の人も同じ物が出されます。私は食事療法をしていましたが気にせず頂きました。食事療法をしていた私にとって食事は楽しみがなく辛い物だったのですが、ここでの食事は栄養を考え無理やりつめ込んでいたのとは大違いで、決して贅沢でないけどとても美味しいのです。食事は感謝して頂くものだとわかりました。

朝、夕に場主様のお話を聞く時間があります。私は一生懸命、一言一句も逃がさないぐらいの気持で聞きました。特に、「病気というものは元々なく、心にたまった悪い思いが病気として現れたもので、病んだ気を元に戻せばいいだけです」というお話は、心から嬉しく頑張ろうと思いました。写経しているとすぐに反省が出てきました。自分でも驚いたのは、今まで頭で「間違っているなあ」と思っても、自分を正当化してしまい、心からそう思えなかったことが嘘みたいに、心のそこから申し訳なかったと涙がこぼれたことです。その後も数々の反省が出ました。そしてあっという間に研修後半に差し掛かり、私は自分がガンであることを忘れていました。しかし研修も終わりに近づくと焦り出しました。「これで本当に治ったのだろうか」という不安でいっぱいになりました。それは今まで頭に詰め込まれていた医学の常識との闘いでもあったと思います。今思うとそのときの状態は今までの私を象徴するもので、完璧を求めて焦り、とらわれてしまい、まわりが見えなくなっていました。そんな状態で、一番大切な今後の生き方を迷いなく決めることはできず悩みました。そしてどうすればいいのかわからず、最後の夜、一人で本殿で写経させて頂いていると、とても心落ち着き、私の中からふっと、「生きれる！」という思いが湧き出て、完治するにはもうここしかないと思い、引き続き次の研修も受けようと決めました。とても心が軽くなりました。

そして一度家に帰り、五日後に次の研修に入りました。二回目の研修ではまた違った反省や気付きもありましたが、どうしても結果を早く求めるあまりうまくいきません。日数が経つにつれて、また焦りが出てきました。途方に暮れたとき、またどこからか救いの思いが私の中に起こりました。それは自分のことでいっぱいになっていた心に、「私は一人じゃない。先祖代々の流れの中にいる。つながっている」ということを全身で感じさせてくれるものでした。自分だけにとらわれていたことを思い知らされました。そのとき初めて、自分の存在がわかり、家族が身近に感じられたのです。今度は自分の在るべき姿がわかり、生き方を決めることができました。しかし、下山後しばらくして、また苦しくなってきました。この宮では、病気、不幸は家族全員の責任であるから、最も大切なのは家族の絆、調和だと言われます。そのため病人を自分の命をかけても助けたいと思う人の研修が必要です。私達の場合も、主人の研修は必ず必要だと言われていました。しかし仕事の都合もあり、延ばし延ばしになっていました。私は苦しくてすぐにでも主人に研修に入ってほしかったけれど、頼ってはいけないという思いと遠慮から、強く頼むことはできませんでした。そしてそんな中、苦しみから何とか抜け出したくて、また、お宮さんへ向かいました。

そんな私に場主様は、「今度は、この宮に賭けて治すと決めにきたんですか」と尋ねられ、答えられず、「決めてきてないのならいくら研修しても同じです。あなたの信じるところへ行きなさい」と言われました。私は半ばやけくそで、「この宮を去ったら私は死ぬのでしょうか」と言うと、「自分の思ったとおりになります」とお答えになりました。私はもう何が何だかわからなくなり、主人に迎えにきてもらいました。帰りの車の中で放心状態の私に主人が言いました。「もうこれでお宮さんに来れないなんて思うなよ。お前がもう行かないと言っても俺は絶対研修に入るからな」と力強く言ってくれたのです。心がぱっと明るくなり、「ああ、私はまだあきらめなくてもいいんだ」と思いました。そして十月三日から主人が研修に入れることになりました。入れると決まった頃から、知らぬ間に心は落ち着いていました。そして、主人の研修中はとても穏やかな気持ちで、子供達と留守を守ることができました。研修最後の日、今度は私が主人を迎えに行きました。本殿で主人の後姿を見たとき、言葉は交わしていませんが、身体全体に何かが押し寄せてくるようで、涙が溢れ出て、何かが込み上げ、嬉しくて、「もう大丈夫、助かった!」と心の中で叫んでいました。場主様も「奥さん、良かったのう。もう大丈夫」と、一緒に涙を流して喜んでくださいました。主人はその十日間で何かがわかったようでした。輝いていました。主人は私に「もう病院へ行かんでいい。お前はもう何も悩まんでいい。俺や。俺が全部やるからいい」と、凛として言ってくれたのです。この言葉ほど私を勇気づけ、安心させてくれたものはありません。私はこんなすごい人と結婚できていたのかと思い、「この人といる限り人生の道に迷うことはない、しっかりついて行こう」と決めました。心から感謝し、尊敬しました。

後から知ったことですが、場主様に、「私の為に命を捨てられる人は誰ですか」と尋ねられ、ためらいなく「それは自分である」と思ってくれたそうです。主人にしても親にしても、こんな私のことをそこまで思ってくださっている。まったくわかっていないことでした。主人の捨て身の愛によって私自身も治っていることを認めることができ、不動の安心感で心が満たされたその後、ある瞬間、この世のすべてのものに生かされている自分の存在に気付き、感動し、心の底から感謝の思いが込み上げてきました。それはさらに、どんなときも支え続けてくれた家族、お宮さんの人達に対して、そしてあきらめず頑張ってくれた私の生命へと続きました。感謝すること、できることが、これほど人間を幸せにしてくれるとは知りませんでした。そしてやっとわかりました。この心こそが私に最も欠けていたものだと。自分中心で物事を考え、自分にとらわれるあまり、自分以外のことには無関心で冷たく、何に対してもあって当然、してもらって当然で、真の感謝の心が持てなかったのです。

私は結婚して以来、この宮にご縁を頂くまで、まったく小林家の嫁になっていませんでした。なろうとしていなかったのです。結婚は本人同士でするもの、家も親戚も関係ないと思っていました。当然御先祖様のことなど思ったこともありませんでした。

人の道を外していました。そのくせ小林の両親には「親らしく子供に援助してくれて当たり前」と十分過ぎるほどのことをして頂いていたのに、私の実家と比べては恨みがましい気持ちを抱くばかりでした。ご恩返しするどころか自分の見栄や体裁のために求めてばかりでした。嫁らしい働きもせず、思いやりも持てず、この両親あっての私達、子供達ということがまったくわかっていませんでした。口にこそ出されませんが、どれほど寂しい思いをされていたかと思うと申し訳なさで胸がいっぱいになりました。すぐに会いに行って手をついて謝りたいと思いました。

実家の両親に対しても、身勝手で親の愛情は子供に一番であって当然と、していただくことに甘えるだけで、口先だけの感謝でした。私がガンという恐ろしい病気になりどれほどその心に苦しみを与えたことか。年老いた身体で私の代わりに、少しでもよい病院、医者をと駆けずり回ってくれました。病院のベットで辛そうな私を見て、代わってやることもできず、私の身体の辛さなんかよりどれほどの苦しみが両親の心を襲っていたことか。私はそんなことも思いやれず当然のようにわがまま放題でした。私の前では決して涙を見せなかったけれど、隠れて泣いていたんだと気付いたとき、初めてその心になれたようで涙が溢れて仕方ありませんでした。親が子に捧げる愛は、子の親に対する思いなど比ではないと思いました。同時に私は我が子に対してさえ自己中心であったと恥ずかしくなりました。

　そして主人に対して、結婚以来持ち続けていた根本にある心に気がつきました。それは「私が結婚してあげた」という傲慢な心です。当初私の両親がこの結婚に反対したこともあり、それを押してまで結婚したんだから、絶対苦労はさせないでほしいと思っていました。主人が朝早くから夜遅くまで働いてやっと頂くお給料に感謝するどころか、もらって当然、もっとほしいと主人を責めるような心で不平不満を口に態度に出していました。主人はどんな悔しい情けない思いをしていたでしょう。何をするのも私の気分次第で、物事なんでも理屈で責め、納得いくように主人や子供を押さえつけようとしていました。少しでも私の意に沿わないことを主人がすると責めたて「なんで私がこんな思いさせられなあかんの。親のすすめる結婚をしていたら、もっと贅沢な生活があったかもしれない」とくよくよと考え、主人に感謝も立てることもせず求めてばかりでした。結婚してあげたとか、贅沢な生活とか基準はすべて目に見える物で考え、純粋に、主人に感じていた心の安らぎをなくしていました。よくぞ、こんな鼻持ちならない私のために命まで賭けて助けようとしてくれました。本当にありがとう。子供達にも私の感情で怒ることが多く、私が病気になってからは小さな心に重い影を落とし、我慢ばかりさせてしまいました。こんな母親でも見捨てることなく必要としてくれてありがとう。

すべては、自分にとらわれすぎて、自己本位に考えるがために生じる感情（不平、不満、妬み、焦り、不安）を長年心に積み上げて、自分で自分を苦しめていたのです。自分の生命が望まない心ばかり持ち、生命（自分）を粗末にしていたから、〝そんな心で生きてても意味ないよ〞と、ガンという形で警告を与えてもらったのです。私は『感謝の心』は、すべての悪い感情を溶かしてくれるものだとわかりました。そして主人をはじめ『人の愛』は、ものすごい力なんだということも。そして、心が曇りなく元気だと、必ず身体も元気であると実感しました。ガンになる前も同じように、この世のすべての恵みも、家族の愛もあったのに、私の身勝手さで、それらを受け入れていなかったのです。心が変わると、見るものすべて変わってきます。太陽から力を受けていると感じ、月の光が降り注ぐように優しく、すべての物を癒してくれていることに涙が溢れます。土に触れその大地のぬくもり、心地よさを感じました。そのたびに心洗われていくようでした。人として当たり前のことができていなかった私です。

それをこの宮は心と身体を通して気付かせてくださいました。

あの絶望の再発から三年以上たった今、お医者様にも、あれだけがんじがらめになっていた健康食品にもお世話にならず、病気とは無縁の生活をさせて頂いています。当初ただ一つほしかった、『安心』を手に入れることができました。家族揃っての食事、子供の授業参観など心穏やかに、当たり前のことが当たり前のようにできていることにあらためて感謝します。そしてこれからは二度と同じ間違いを繰り返さないように、『愛』と『感謝』を忘れず、日々反省と努力は続けていきます。そして今まで頂いてばかりの多くの愛を、今度は返していかなければならないと思っています。

「子供達へ……」

永岡　律好

私は、主人に女の人ができて悩んでいたときに宮のことを知りました。「家族の人が研修に入ると、どこへ行ったかわからなかった人が戻ってきたということがあった」とある人から聞きました。それで、もしかしたら主人が家に戻ってくるかもしれないと思い、子供を連れてこの宮へ来山させて頂きました。私達の両家は和歌山市内の寺（ある宗教）に行っていました。そこの和尚さんの仲人で私達は結婚いたしました。主人と義理の姉は年が離れており、私たちが結婚した当時、その姉は養子さんを迎えていました。私達が結婚することになり、姉たち一家は細い道を少し行った所へ住まいを移していました。でも農作業の仕事は一緒にしていました。主人は、和尚さんの紹介で和歌山市内へ勤めに行くようになりました。母と姉は寺からの仕事をしており、私は畑へ行くのが初めてでしたので義兄に教えてもらうようになりました。何とも不思議な感じでした。養子さん、つまり姉の婿さんと弟の嫁がいつも一緒に畑へ行くのですから、何もなくても他の人から見たらどう思われているであろうかと思っていました。しばらくして母は、寺の留守番を引き受けることになり、それから後、私達は家の留守を預かることになりました。

当時を思い起こせば義母がいなくなったことで、気がゆるみ自由気ままになり、主人の欠点を見つけては、そのことがいつでもどんなときにも私の頭の中にあり、私の行動や言葉の中に出ていたのでしょう。そして主人に女の人ができてしまい、だんだんにそちらに行ったきりになりました。当時、行っていた仲人でもある和尚さんの所へ相談に行きました。和尚さんの指示でしょうか。田畑を売ってお金を作ってくれましたので生活の心配はなかったのですが、本当の解決にはなりませんでした。ますます因縁の渦に巻き込まれて拍車をかけるばかりです。農作業は姉夫婦に世話にならなければ、私は小さい子供を抱えて何もできません。そして近所に住む人が私の所へ「かわいそうに」と寄ってきます。そのことを和尚さんに相談しても「家に鍵をかけておくように」と言うことでした。家は古く、いくら鍵をかけても家の欠点はわかります。皆に相談する事もできずに辛い苦しい日々が続き、側で寝ている子供達の姿を見て、母親である私はこのままではいけないし、子供達を連れて自殺を……とまで考えたこともありました。どうしたらいいのかと悩んでいるそんなときに、この宮を紹介して頂きました。

私は家族に相談しても反対されると思い（永岡家にはずっと信じている所があるから）誰にも言わずに置き手紙をして、研修にわらをもすがる思いで来山しました。そして十日の研修を終えて後、場主様も奥様も「このまま、あの家に返すわけにはいかない」「外へは、よう出さん」と言ってくださり、私は研修生の方々の食事の支度をさせて頂くことになりました。見ず知らずの私のことを、我がことのように思ってくださる場主様、奥様のお言葉に私は、これまで生きてきていまだ感じたことのない暖かさを感じました。いま思うと知らない誰かにうまいこと言われると、すーっとついて行ってしまいそうで、あまりにも頼りなく危なっかしかったのでしょう。一緒に連れて出てきていた子供達は、知人がしばらく見てくれていましたが、その後、姉夫婦が引き取りにきました。信じている所があるのに私がこの宮に来たことはお寺さんをはじめ家族皆が反対でした。お寺の人から「よくしてやったのに」という電話がかかってきたこともありました。そんな所に子供は置いておけないということのようでした。

当初は子供を捕られたような気持ちになりましたが、場主様が、「永岡家の子は、特に長男は直系だから捕ってきたらあかん。永岡家が見るのが当たり前だから良かった」とおっしゃってくださいました。

しばらく後に、これが子供達にとって一番いいのだ、と心から思えるようになりました。だんだんと宮での日が経つうちに、機嫌の良いときは可愛がるし、そうでないときは怒ったり叩いたり、自分の気分次第で子供を振り回していたことが思い出されて、何と身勝手なことであったかと反省しました。親なら誰でも思うことですが、こんな私でも子供達にこのような苦しみは味わわせたくはないと思いました。私は男の人をつくっていないし、悪いのは主人だと思っていました。この宮に来て、男の人は家の中心だから大切で、わらで作っても男は男だと聞かせて頂きますが、私は自分のことは棚に上げていつも、よその人と比較してあちこちを見回して、主人のことを頼りない人だと思っていました。この宮で、「嫁に行けば行った先の父母が本当の父母」と教えて頂きました。嫁に行ったときは父は亡くなっていました。母のことにも素直になれず、先祖様や主人を中心にして立てることはさらさらなく、嫁として妻として母として社会人としての役割など何一つできていないのに、相手の欠点ばかりみて毎日毎日不足ばかりでした。夫婦は〝六と四〟で一つのものである。夫の姿は妻の心とおっしゃいます。私の色情因縁のきつさに怖ろしいものを感じました。

おかしな親なら子供の側にいないほうが良いと言って頂き、この宮で生活させて頂くことになりました。男の子ばかりで安心だと思っていた子供も、心配をしてはいけませんが、そろそろ年頃になってまいりました。十七歳までの長男、長女は父親の責任、次男からは母親の責任が主だそうです。それ以後は、持って生まれた因縁とおっしゃいます。ある日、場主様より、皆様に体験を話すように言われました。思い余って、「何を話しさせて頂いたら良いのか何もないのですが……」と言わせて頂きますと、場主様は「何もないから良いのである。何かあったら大変ではないか、子供がぐれたということも聞かないし」と言ってくださいました。この宮でご縁を頂いた場主様のご子息の晃作さんの計らいで、子供達の様子を聞く機会を与えられました。そうすると近所の人より「両親が揃っている子供より、良い子達に育っている」と聞かせて頂きました。本当に有り難く感謝の心でいっぱいです。

〝おかしな親なら側にいない方がいい〟と言って頂き、十数年経ちました。「親が一生懸命であれば放っておいても子供は育つ」とおっしゃいましたが、そのとおりでした。

長い年月の間に子供達は、「今年は小学校入学、また中学校」などと思ったり、学生さんを見かけると「子供もこんなであろうか」などと思うこともありました。私の心がフラついたとき（道にはずれたり、自我があって素直ではないときなど）は、子供達の上に間違いなく何かの形で出ています。まだまだ未熟な私ですが、子供達は立派に育ってくれました。十数年の間に主人からの調停もあり、場主様や奥様をはじめ、多くの方々にお世話になりましたが、離婚という結果になってしまいました。私が嫁いだ当時、永岡の家には姉の養子と私の主人の二つの柱が立っていて、今にして思うと、一つの身体に二つの頭があるようなものでした。一つの家には一つの柱でないと皆が迷い狂ってくると、私をはじめ、永岡の家族を見ていてそう思います。このことも、ここに来させて頂いたからこそわかるのだと思います。今となってはもう、私は、その立場ではありませんが、永岡の家に正しい筋が流れる日の来ることを、この地において心から祈るだけです。私はこの宮に奉仕させて頂いてから何の力も能力もない私にできることはないのですが、ただ一つ、子供を手元で育てられなかった償いにと研修生の方々の食事の用意をさせて頂いてきました。有り難いことに皆さんから美味しいと、もったいない言葉を言って頂き、私にとってこんな喜びはありません。

生命はどこから

中島　延子

平成十年二月三日から十三日まで、私は東屋御前弁財天の宮・信公養生場にて研修をしました。二月十日、私は生まれ変わりました。それまでの私といえば、不満と不安の固まりで、いつも誰かを標的にして憎んでいました。でも、その憎まれていたのは、相手の人そのものではなく、鏡に映る自分の姿のごとく、実は自分自身のことであった、ということがわかったのです。本当の安心と自信がないため、自分自身から目をそらし、一人身をいいことに、湯水のようにお金を使い、したい放題の生活でした。それを自分では、自立していると勘違いしている始末。自分中心に世界を回していました。それでも「このままではいけない」とあせりはあった一方、何か新しいことを始める勇気も決断力もなかったのでした。

しかし、運命の平成十年二月十日、私は、はたと気付きました。「このままでいい。

私は幸せになっていいし、もう幸せや。私は一人やない。みんなとつながっている。人だけやない。すべての自然ともつながっている」と。あれも足らん、これもほしい、もっともっと、と思っていたのは、私が気付いていなかっただけで、すべてはすでにありました。あったからこそ、今の私がある、と実感したのでした。いかに自分のためにたくさんの人や、もの、自然が支えてくれていたか、ということに、私は今まで目を向けていませんでした。必要なものは自然にまわってくるし、今ないものは必要でないもの。自分の役割を果たし、そのときの自分のすべきことをしていれば、自然はなるようになる、と体感したのです。そのためには、自分も自然にそって生きなければならないと思いました。簡単ですが難しいことです。水が流れるように、風が吹くように。

誰かの何かが気になる、腹が立つ、というのは、自分自身の弱点が相手をとおして浮き彫りにされているだけだ、ということがわかりました。言い換えると、自分自身の傷です。傷が自分にあるから染みるのです。もしくは、自分の思い通りにならないので腹が立つのです。考えてみれば、自分の心すら自分の思い通りにならないのに、どこに自分の思う通りになるものがあるでしょう。「うまいことできてるな」と思いました。みんな影響し合い、協力し合い、生きているのです。研修を終えた私は、落ち着いた気持ちで毎日を過ごしていました。私をとりまく環境は何一つ変わっていなかったのですが、その世界はまるで違っていました。何もかもが目新しく、有難く、感謝の気持ちがわき上がってきました。得体の知れない何かにまとわりつかれていたような私が、晴れ渡り、澄み切った青空のような気持ちになれたのです。明日が来なければいい、と思っていたのに、何でもドーンとかかってこい、と自信と希望に満ちあふれました。この喜びを、この転換を、他の人にも知ってもらい、みんなに幸せになってほしいと思いました。

そもそも、私がお宮さんを知ったのは学生時代の友人の存在からでした。彼女は今から五年前、三十五歳という若さでガンと診断され、手術を予約していたにもかかわらず、それをキャンセルし、この宮で研修をした人です。己を見つめ、自分自身のガンの原因を自分で掴んで、転換し、ガンを完治させた人です。それから約二年後に初めて彼女の口からその事実を聞きました。私は、淡々と語る目の前の彼女の姿を信頼しました。そして、私も宮の研修に入ったのです。当時の私の状況（希望がなく、泥の中でもがいているような生活。やってもやっても不安で落ち着かない状態）から脱却するために、私も自分自身で答えを見つけたかったのです。彼女は、彼女と同じようにガンで苦しむ人に「どうしても助かってほしい」と、自分の体験を本に著したり、また、実践の会（写経と体験談発表）を開催したりしてました。苦しみを喜びへと転換できた私は、その活動をお手伝いすることにしました。

奈良県下においてその活動（ガン完治への伝言、実践の会の開催）を始め、一年経った頃、私に結婚の話が出ました。お相手は、その一年、ともに実践の会の活動をしてきた人でした。後に私達は結婚することになるのですが、主人と私は、仕事を通じて、以前より旧知の間柄でした。しかし、私の周りからはこの結婚を危惧する声があがったのです。まず私の父がまったく取り合ってくれませんでした。主人は辛抱強く、自分を磨き、結婚のために二度三度研修に入りました。そして私も反省を重ねて、父と真正面から向き合っていなかった自分を知りました。日常会話はしているものの、心を開いてぶつかる、ということに臆病になっていたのです。これは主人という人間がどうこうではなく、私と父、いえ、私の問題だったのです。私は自分の心を見つめ、父の気持ちを思いやりました。結果や父の反応を予想したり、期待したりせず、まっすぐぶつかることだけを考えました。その結果、父はやっと許してくれました。他に反対している兄妹にも、まっすぐぶつかると、皆の真意は私を心配してくれていて、私の幸せだけを願ってくれていることがわかりました。私は感謝しつつ、必ず幸せになる、と固く心に誓いました。

平成十一年十月十八日、私達夫婦は宮で本結び（結婚式）をして頂きました。結婚してから変わったことは、今まで自分一人で全部自由に決めて行動していたことが、そうはできなくなったことです。お金のこと、冠婚葬祭のこと、仕事のこと、食事のこと、健康のこと、時間の使い方、優先順位、等々。私は年齢は重ねていても、初めてのことだらけで、主人には叱られ、ときにはケンカしつつ、一年ちょっとが過ぎました。今思うのは、いかに「生活」が大切か、ということです。幸せは自分で築くもの。誰も運んできてくれません。素直にわからないときは尋ね、間違ったときは謝り、うれしいときには「うれしい、ありがとう」と言える、子供の頃の心が大切です。つい、浅はかな経験や、自分の考えにこだわり意固地になると、ろくなことはありません。しなければならないことを風の吹くように、すっすっとするのは、日々かなりの努力が必要です。でも、これこそが華の生活です。「なんで私がせなあかんの」とか、「いつも私が」と、つい思ってしまう瞬間があります。そのとき、こう思い直します。

「できないことか？　できることなら私がしよう。四（嫁さん）になりきろう」と。自分の役割に徹しきれば、あとは自然にまかせるだけです。そして、心にわだかまりをもちながら不自然に振る舞うくらいなら、はっきりと言葉にして、まっすぐに向き合うようにしています。

以前、宮で聞いた言葉に「自分のまわりにいる人、ことに家族を尊敬できるようになったらしめたものです」というのがあります。自分を映す鏡だからこそ、自分に近しい人ほど自分をはかるバロメーターとなるはず。ならば、結びの相手である主人は、まさしく私自身。謝ってほしかったら、私から。やってほしいことは、まず私から、と思い直します。結婚した当初、子供はすぐ授かる、と私はたかをくくっていました。しかし、答えは厳しいものでした。華の生活ができていない私に、子供ができないのは当然の結果でした。平成十二年六月、私は自分の実家の母への思いを見つめるため研修に入りました。結果、自分で自分の根っこを腐らせている自分を発見しました。続いて主人が研修に入りました。そして、その直後、私達は子供を授かりました。平成十三年四月十日が出産予定日です。

これからの世の中、新しい世紀を担う未来の子供。今、私のお腹の中で元気良く動いています。本当に不思議です。この生命はどこからやってきたのでしょうか。すべては自然の計らいです。なるようになる、というのは一面とても厳しいことです。私達夫婦の子として私達を選んでくれたこの新しい生命は、私達をとおして大人になってゆきます。私達を養分として巣立ってゆきます。私達の日々がこの子にしみこんでゆくかと思うと、襟を正す気持ちになります。私はこのお腹の子には「はい」と返事をできる人間になってもらいたい。人と、自然とに呼応できる人間になってもらいたい。そのために、私自身がその生き方をしなければ、と思います。私が主人にとる態度、親にとる態度がそのまま子に、鏡のごとく映るのです。

主人は、常日頃よくこう言います。「自分の生活ができない者が他人を助けられるわけがない」と。これは、経済的な意味ではなく、華の生活ができているか、ということです。己と向き合い、逃げずにすることを一つひとつしていくことです。宮で研修をして転換して〝終わり〟ではなく、転換して、生まれ変わって、まさしく〝始まり〟でした。生まれ変わって誕生したのだから、成長し続けないと死んでしまいます。新しく誕生する生命は、使命をもって母親の子宮で十月十日、この世に生まれ出たにもかかわらず、己の使命を忘れてしまった人は、この宮で十日、そして生まれ出ずる。

宮を信じるということは、自分を信じるということ。己の使命、役割を生ききるということ。すべては自分の中に答えがあります。それを思い出させてくれるのが宮さんだと思います。誰かに、何かにすがって待つのではなく、自分で決めて、自分で行動すること。必ず自分の中に答えがあると、私は信じています。

〈お問い合わせ先〉
東屋御前弁財天の宮
〒649-6402
和歌山県那賀郡打田町北勢多707-5
☎ 0736（77）6317

齊藤洋子
〒564-0004
大阪府吹田市原町3丁目26-1-705
☎ 06（6330）1446

ガンはあなたの心が治す

発行日
2001年8月15日初版

著　者
齊藤洋子

装　幀
相澤靖司

発行者
高橋　守

発行元
株式会社　コスモ・テン
〒105-0011
東京都港区芝公園2-11-17
☎03(5425)6300
FAX 03(5425)6303
http://homepage2.nifty.com/cosmo-ten/
E-mail:cosmo-ten@nifty.com

発売元
太陽出版
〒113-0033
東京都文京区本郷4-1-14
☎03(3814)0471
FAX 03(3814)2366

印刷・製本
中央精版印刷株式会社

ISBN4-87666-076-X